AF211167

Bibliografische Information der Deutschen Nationalbibliothek
Die Deutsche Nationalbibliothek verzeichnet diese
Publikation in der Deutschen Nationalbibliografie;
detaillierte bibliografische Daten sind im Internet über
http://dnb.d-nb.de abrufbar

Herstellung und Verlag:
Books on Demand GmbH, Norderstedt
© 2008 Titelfoto Frank Ritter

ISBN 9783837063011

LEBENSPHILOSOPHIE

AUF

VIER PFOTEN

Geschichten einer Katzenliebe

Maja Schmitt – Grob

Prolog

Nach über drei Jahrzehnten des Vergessens war es plötzlich wieder da. Überraschend, unvorbereitet und alles andere als willkommen. Mit einem Schlag wusste ich wieder, wie ich mich als Kleinkind gefühlt hatte, während ich interessiert diesem Regenwurm zusah, wie er sich in die Erde eingrub. Die kalte Nässe rieb an meinem Körper und nach einer Weile lächelte ich in der Freude, das Empfinden dieses Wurmes so teilen zu können. Ich wusste genau wie der Wurm sich fühlte, es war seine Wahrnehmung, die ich spürte.

Der Moment des Wiedererinnerns berührte mich zutiefst und zugleich - gar nicht. Dies war also der Schatz, der so lange in der Tiefe meiner Seele gehütet worden war – ging es mir, ernüchternd sachlich, durch den Kopf. Sofort setzte auch der Schmerz ein, denn genauso intensiv und klar erschien mir auch meine Erinnerung an den Einsturz meines Kindheitsgebäudes wieder. Noch immer löste diese Empfindung ein Zittern aus. Ich, eine erwachsene Frau, konnte kaum meine Stimme unter Kontrolle bringen, als ich die Begebenheit erzählte. Niemand hatte daran Schuld, mein Lebensweg war einfach so. Es endete und begann an jenem besagten 1. April, dem offiziellen Tag für Scherze jedweder Art, mit einem- nicht mal böse gemeinten- Aprilscherz. Nicht lange zuvor hatte ich diese Entdeckung für mich gemacht, dass ich mich in andere Lebewesen einfühlen konnte. (Man würde das wohl Hellfühligkeit oder Empathie nennen) Meine Neugier als Kleinkind war unbändig, damit voller Freude zu experimentieren. Das Gefühl, etwas irgendwie seltsam Heiliges tun zu können, hatte sich verankert. Kein Mensch, wirklich gar niemand, wusste davon. In dieser

Zeit, mit einer absolut erhebenden Glückseligkeit in mir, nahm ich den Auftrag meines Vaters entgegen, Bonbons kaufen zu gehen. Ich bekam das Geld dafür und mir schien es, als wären es die Goldtaler aus einem Märchen. Eifrig merkte ich mir den genauen Wortlaut meiner Bestellung, denn ich wollte eine solche Vertrauensaufgabe unbedingt richtig machen. Nach einer guten Wegstrecke betrat ich den Krämerladen und stellte mich vor die Theke hin. Laut und vernehmlich, mit glühend roten Wangen gab ich die Bestellung wieder. Irritiert sah die Verkäuferin auf mich herab, so dass ich mich erst recht ermuntert fühlte, mich zu wiederholen. Zögernd bemerkte ich dann, dass die Reaktion so gar nicht dem ähnelte, was ich erwartet hatte. Der mitleiderfüllte Blick, den ich auffing, liess mich frösteln. Dann, ganz langsam, wiederholte die Verkäuferin meine Worte: „Ich hätte gerne 250gr. „Ich – bin – dumm – Zeltli". Wie in Zeitlupe erfasste ich den Sinn. Die ganze Zeit über, zum bersten angefüllt mit kindlicher Freude und Stolz, hatte ich der Welt verkündet, wie dumm ich war. Fluchtartig verliess ich das Geschäft und rannte tränenblind die halbe Strecke zurück. Die Demütigung, die ich mit jeder einzelnen Faser meines Seins empfand, war ebenso vollkommen, wie die Glückseligkeit zuvor. Tiefer als alle Schläge, die je meinen Körper trafen. Die Münzen in meinen Händen brannten wie das wirklich gewordene Höllenfeuer und eine tiefe Abscheu dagegen schlug seine Wurzeln. An diesem Tag erfror ein Teil von mir und fiel in unermessliches Dunkel. Und mit ihm auch meine Gabe.

Viele Jahre später traf ich eine fast 90zig jährige Frau, die mich bat meine Erlebnisse mit Katzen aufzuschreiben. Da wusste ich noch nicht, dass dies alles Teil meines Erinnerns werden würde. Katzen sind ausgezeichnete Lehrer und sie fanden den Zugang zu jenen Ebenen in mir, die ich selbst schon lange vergessen hatte.

Junior und der Schwarze

Nun war ich also Anfang Zwanzig, gelernter Koch und Restaurations- Fachfrau, verheiratet und nach meinem eigenen Verständnis erwachsen. Die Enge der Schweiz gebar zu der Zeit den Wunsch nach einem drastischen Wechsel. Abenteuerfreudig beschlossen mein Gatte und ich, in die Weite Australiens auszuwandern.

Zu unserer ersten Katze kamen wir, wie die buchstäbliche Jungfrau zum Kinde. Wir waren gerade in ziemlich lausiger Verfassung, was sich in allen Bereichen zeigte. In einem fremden Land, mit noch exakt 600 Dollar, einem Polstersessel und einem Auto, das sich nur noch ausschliesslich im ersten Gang fortbewegte. Die Euphorie nach Australien auszuwandern hatte sich etwas gelegt; jedoch die Faszination dieses Kontinentes mit seinen neuen Erfahrungen, Gerüchen und Lebewesen noch immer ungebrochen. Nachdem wir uns, von ehemals guten Freunden, schamlos hatten ausnutzen lassen, sassen wir jetzt eher mehr als weniger auf der Strasse. Weder die Sprache beherrschend, noch die Einkommens - verhältnisse richtig einschätzend, war das nach 2 Monaten Down Under ein herber Rückschlag. Reich gesegnet jedoch mit der unbekümmerten Zuversicht und Naivität, die wohl nur 20 jährige haben. Ebenso mit einem unerklärlichen, instinktiven Vertrauen das mich steht's zu begleiten schien.

So begaben wir uns auf die notwendige Wohnungs - suche. Wohl wissend, dass wir überhaupt kein Geld für eine geforderte Kaution oder Miete erübrigen konnten. Alles kein Problem! No Problem! Seltsamerweise fanden wir tatsächlich einen Vermieter, dem unser ehrliches Gesicht als Sicherheit genügte. Was immer auch der tiefere Grund für sein Verhalten gewesen sein mochte, wir waren überglücklich, dass unser „Landlord" sprich Vermieter sich auf uns einliess. Er vertraute darauf, dass wir als ausgebildete Europäer bald Arbeit finden würden, um die Miete für die drei Zimmer Wohnung an ihn abzuliefern. Als Profis, mit Berufserfahrung im Gastgewerbe, waren die Chancen auch wirklich ziemlich gut, trotz der Sprachprobleme.

So zogen wir in ein quadratisch gebautes Haus mit vier Wohnungen, die in der Mitte durch eine grosse Treppe vereint wurden. Am Stadtrand von Townsville (Queensland), an der Ostküste von Australien liessen wir uns nieder. Wir freundeten uns bald mit dem jungen Ehepaar in der Wohnung schräg unter uns an. Michael und Rachel. Sie waren stolze Adoptiveltern einer grauen, kurzhaarigen Kätzin namens Esme. Mit Deutsch als Muttersprache, besass ich wohl den unverzeihlichen Fehler, diesen Namen nie gut genug in Englisch aussprechen zu können. Jedenfalls strafte mich die ansonsten friedliebende Britisch- Kurzhaar- Kätzin mit offener Ignoranz. Wir grüssten uns zwar - na, jedenfalls grüsste ich Esme trotzdem immer freundlich.

Diese Angewohnheit, mit Tieren zu sprechen, hatte mir zwar schon in früheren Jahren so manche hochgezogene Augenbraue in gegenüberliegenden Gesichtern eingebracht. Es erschien mir aber einfach irgendwie normal und natürlich. Esme benahm sich unbeirrt weiterhin genauso distanziert wie eine englische Lady, die sich gezwungenermassen mit dem gemeinen Fussvolk abgeben musste. Eines Morgens änderte sich ihr Verhalten allerdings schlagartig und nachhaltig. Sie schrie aus Leibeskräften vor unserer Haustüre! Verschlafen und auch verärgert über die ruppige Art geweckt zu werden, öffneten Andreas, mein Mann, und ich die Türe. Rasch erkannten wir den Grund für Esmes lautstarke Wortmeldung.

Ein knäueliges, felliges Etwas lag auf unserer Fussmatte und zwei grosse blaue Augen sahen uns bettelnd an. " Oh nein. Esme," sagte ich mit Entschiedenheit in der Stimme und wandte mich der nachbarlichen Untermieterin zu. " Du bist sterilisiert! Du kannst nicht wildfremde Katzenbabys anderen Leuten vor die Türe legen! Nimm das kleine Bündel sofort wieder mit!" Esme schlenderte betont langsam und gelassen schon die halbe Treppe hinunter, ohne meinen Protest auch nur annähernd zur Kenntnis zu nehmen. Ein kurzer, triumphierender Blick zurück auf mein zerknirschtes Gesicht war ihr Bestätigung genug, dass ich das Baby - Kätzchen natürlich nicht hilflos da draussen lassen würde.

Da sassen wir nun - mein Mann, ich und das Wollknäuel - mitten auf dem Wohnzimmerboden. Ratlos, was denn nun zu tun sei und immer noch perplex über Esmes Benehmen. Beide mochten wir Tiere gerne und das war auch nicht die Schwierigkeit. Wir wussten aber zu diesem Zeitpunkt noch nicht einmal was aus uns werden sollte, wie also eine gewissenhafte Entscheidung fällen, betreffend dieser Katze? Pardon - dieses Katers - den wir erst mal „ sicherheitshalber" auf den Namen Junior tauften. Damit war er natürlich schon jetzt, trotz der

Widrigkeiten, gar nicht mehr aus unserem Leben wegzudenken.

Wir fanden beide Arbeit in einer grossen internationalen Hotelkette und gewöhnten uns erstaunlich schnell an die Mentalität und den Rhythmus des Landes. Immer wieder entdeckten wir etwas Neues. Die Pflanzen, Sträucher und Bäume mit den satten Düften berührten meine Sinne. Mit meiner manchmal schon verrückten, unverdorbenen Begeisterung schmeckte und fühlte ich zum ersten Mal das Meer. Der sich kilometerweise ausdehnende Sandstrand war ebenso faszinierend. Die gleiche Unbefangenheit wie gegenüber der Natur, war mir auch im Umgang mit all den vielfältigen Kulturen zu eigen. Sehr zum Erstaunen und manchmal auch Missfallen der weissen Australier, fand ich es keineswegs ungewöhnlich, mich bei der Wartezeit auf den Bus einfach neben die Aboriginies auf die Bordsteinkante zu setzen. Es wurden immer spannende Stunden mit den alten und jungen Ureinwohnern – da der Bus manchmal kam oder halt eben auch nicht. Die Unterhaltung glich zwar oft mehr einer pantomimischen Darstellung, das Lachen aber war universell verständlich und verbindend.

Aus Junior war eine wunderschöne Halbperserkatze mit langem, seidig weichen Haarkleid geworden. Er hatte so seine Probleme das creme-orange-braunfarbene Fell in Ordnung zu halten. Zu seiner Verteidigung sei erwähnt, dass lange Haare in einer tropischen Gegend wirklich nicht die erste Wahl waren. Täglich verlangte er nach intensivem Bürsten und genoss die zusätzlichen Streicheleinheiten sichtlich. Das verschmuste Tier musste wohl auch bei Esme ein gutes Wort für uns

eingelegt haben. Sie begegnete uns um einiges
freundlicher, seit Junior Teil unserer Familie geworden
war. Er war ein naiver, tollpatschiger Kater von grosser
Schönheit und - ohne ungerecht sein zu wollen - auch
von grosser Dummheit. Trotzdem - oder gerade
deswegen - liebten wir ihn innig und konnten uns einen
Tag ohne sein anrührendes Wesen nicht mehr
vorstellen.

Wie alle Katzen hatte er spezielle Vorlieben. Seine
bestand im Wesentlichen darin, hingebungsvoll
Wassereis zu lecken. Katzenfutter aus der Dose
verweigerte er kategorisch und bestand auf frischem,
rosa gebratenem Fleisch. Bei zwei gelernten Köchen als
"Eltern" kein Problem. Esmes kluge Weitsicht genoss
meine volle Bewunderung. Die Zeit plätscherte so
dahin. Aus Vorsicht und auch Juniors - " Gell, ihr habt
mich alle lieb" - Charakter mit einkalkulierend,
gewöhnten wir ihn daran, abends im Haus zu bleiben
und erst am nächsten Vormittag wieder draussen zu
spielen. Er hatte ohne Zweifel eine Art
Beschützerinstinkt in uns geweckt. Sein natürlicher
Jagdtrieb und kluge Wachsamkeit war wohl irgendwo
durch die Generationen hindurch verloren gegangen
oder extrem gut versteckt. Zum Ausgleich war sein
Spieltrieb mit allem und jedem allerdings besonders
ausgeprägt. Er war und blieb ein wunderbarer Kater, der
nie die Ernsthaftigkeit oder Bitterkeit des Lebens
kennen lernte.

Ein sonniger Morgen begrüsste uns und mit den
wärmenden Strahlen, auch ein neues Gesicht. Als die
Türe aufging und Junior wie gewohnt nach draussen
trippelte, sahen mich sekundenlang zwei angsterfüllte,

unbekannte Augen an. Wie ein Blitz drehte sich der fremde Besucher um und jagte gehetzt die Treppe hinunter. Nachdenklich überlegte ich, ob ich mich nicht geirrt hatte. Kurzfristig zweifelte ich wirklich ernsthaft an der Realität meiner Wahrnehmung. Völlig irritiert erzählte ich Andreas beim Frühstück davon und war mir dabei immer noch nicht sicher, ob ich mir den schwarzen Schatten nicht am Ende doch nur eingebildet hatte. Nichts in Juniors Gebaren war Bestätigung dessen, was ich zu sehen geglaubt hatte. Der nächste Tag brachte zu meiner grossen Erleichterung dann Gewissheit. Vorsichtig öffnete ich die Haustüre, behutsam, um die eventuell dahinter verborgene Gestalt nicht zu erschrecken. Erneut die Stufen zur Hälfte hinunter rasend, erkannte ich einen dürren, schwarzen Katzenkörper. Zitternd, doch immer noch zur Flucht entschlossen, hielt er inne.

Mit leiser, besänftigender Stimme fing ich an, mit der vom Geländer halb verborgenen Kreatur zu sprechen. " Wer bist Du? Komm' doch mal her zu mir und lass' Dich ansehen. Hast Du Hunger? " Sobald ich mich auch nur ein wenig in seine Richtung bewegte, nahm die Katze in Panik reiss aus. So vergingen unzählige Tage. Das immer gleiche, morgendliche Ritual war schon bald ein fester Bestandteil unseres Alltags. Nach und nach kam der Kater, den ich der Einfachheit wegen nur „den Schwarzen" nannte, immer ein Stück näher. Im Schneckentempo fasste er allmählich Vertrauen zu uns. Sein Hunger, gepaart mit der angeborenen Neugier, war bei der Annäherung eine grosse Unterstützung.

Nach zwei Wochen nutzte ich die Gelegenheit, ihn ganz zart mit den Fingerspitzen zu berühren. Sein heftiges

Zusammenzucken glich eher der Reaktion unter einem Stromschlag und war erschütternd. Der Gedanke, sich schnell aus der Gefahrenzone in Sicherheit bringen zu müssen, spiegelte sich in seinen sternenklaren, orangenen Augen wieder. Tapfer überwand er, nach kurzem inneren Kampf, seine Angst vor meiner ausgestreckten Hand. Nachdem der Anfang nun geschafft war, legte er nur wenig später all sein Misstrauen ab, schmiegte sich wie erlöst an meine Hand und liess seinem Schmusebedürfnis hemmungslos freien Lauf. Mit tränengefüllten Augen ertastete ich die vielen Narben auf seinem drahtigen Körper, während meine Finger vorsichtig durch das struppige, schwarze Fell glitten. Meine Fantasie begann durchzudrehen bei der Vorstellung, was dieses Tier an Verletzungen jeder Art gelitten haben musste. Von diesem bedeutsamen Tage an, bedankte er sich jedes Mal herzlich für die Zärtlichkeiten und Aufmerksamkeit.

Der Schwarze lehrte mich im wahrsten Sinn des Wortes Demut und Grossmut. Niemals fing er an zu fressen, ohne mich begrüsst und mit mir geschmust zu haben. Andreas gegenüber bewahrte er immer einen gewissen Abstand und diese Haltung wurde auch akzeptiert. Manchmal konnte ich nicht erkennen, ob der Hunger nach Wärme oder das Bedürfnis nach Futter dringlicher war, doch war es erfüllend, ihn mit beidem zu versorgen. Mit jedem Tag fühlte sich sein Körper etwas weniger abgemagert an und die tiefschwarze Farbe seines Felles bekam einen wunderschönen Glanz. Junior fand es ganz natürlich, dass noch jemand tagsüber bei uns einzog. Er hegte keinerlei Eifersuchtsgefühle und da er sein Körbchen nicht benutzte, stellte ich es dem Schwarzen an die Türe.

14

Er beschnupperte es vorsichtig und konnte seine Freude über das unerwartete Geschenk nicht verbergen. Alles was er annahm tat er mit einer unbeschreiblichen Dankbarkeit und Innigkeit. Bis dahin hatte ich nie eine Katze mit einer solch ausdruckstarken Mimik erlebt, dem Schwarzen jedoch konnte man wirklich seine Empfindungen im Gesicht ablesen. Niemals war er eine Last. Wenn wir zur Arbeit gingen, machte auch er sich automatisch auf den Weg. Es gab nicht ein einziges Mal Streit zwischen den beiden Katern. Der schlanke Körper des Schwarzen war inzwischen ein liebgewonnener, vertrauter Anblick zu Tagesbeginn. Als er eines Morgens nicht mehr kam, war ich mir sofort sicher, dass wir ihn niemals mehr sehen würden. So geheimnisvoll, wie er aufgetaucht war, verliess er uns auch wieder. Vermisst wurde er noch lange Zeit bei jedem Sonnenaufgang. Trost war mir die Erinnerung an seine Bescheidenheit und tiefe Dankbarkeit. Seine Art zu leben war wohl auch seine Art zu sterben…. leise.

Als ob sich damit Schleusen geöffnet hätten, nahm das Unheil nun seinen Lauf. Andreas und ich planten ein romantisches Wochenende für uns zwei. Rachel bot uns liebenswürdigerweise an, auf die Wohnung und Junior aufzupassen und so fuhren wir voller Vorfreude los. Die ganze Welt hatte sich verändert, als wir nur 48 Stunden später wieder zu Hause eintrafen. Eine völlig aufgelöste Rachel informierte uns in wenigen Worten, dass Junior schwer verletzt worden war. Ohne das Auto überhaupt verlassen zu haben, fuhren wir sofort weiter in die Tierklinik. Unterwegs erzählten uns die immer noch unter Schock stehenden Nachbarn, dass sie gerade beim Kaffeetrinken mit ihren Eltern auf dem Vorplatz weilten, als eine Meute Hunde Junior auf dem Parkplatz in eine Ecke trieben. Junior, wie immer nichts Böses ahnend, hatte nicht den Instinkt zu fliehen oder sich zu verteidigen.

Selbst die lauten, warnenden Rufe Michaels hatten keine Wirkung. Dazwischen gehen wollte und konnte er verständlicherweise bei einem Dutzend rasend gewordener Hunde nicht. Auch Esme hatte laut fauchend helfen wollen, doch die Angst um Ihr eigenes Leben war stärker. Der Rudelführer erwischte unseren Kater, biss zu, schüttelte ihn hin und her und zerfetzte ihm so innerlich den Brustkorb. Seine Chancen waren sehr schlecht und als wir zu ihm kamen, konnten wir nur noch auf Wiedersehen sagen. Streichelnd trösteten wir ihn und uns. Mehr konnten wir nicht tun, nur bei ihm sein. Er starb. Fassungslos umarmten wir uns alle Vier und fühlten uns leer und traurig. Unter Tränen kümmerte ich mich nun zuerst um Rachel, die sich mit völlig absurden Selbstvorwürfen quälte. Auch wenn wir da geblieben wären, es wäre genauso passiert. Diese Unschuld in Katzengestalt hat nur den Vertrag des Lebens eingehalten, den jeder durch seine Geburt unterschreibt und aus dem sich keiner davonschleichen kann. Wer den Anfang akzeptiert, darf auch das Ende nicht leugnen.

Das Weinen hielt noch zwei Tage lang an, die Trauer länger und die Erinnerung bis zum heutigen Tag. Die Hunde wurden ein paar Wochen darauf ausfindig gemacht, weil die gleiche Meute Radfahrer und auch Rachel auf dem Nachhauseweg angefallen hatte. Eigentlich ganz normale Haushunde, die sich mit ein paar wild streunenden Artgenossen zu einem Rudel zusammengeschlossen hatten. Plündernd durchstreiften sie die auf den Strassen stehenden Mülltonnen und wurden durch ihre Aggressivität zu einer ernsthaften Gefahr für alle. Menschen, die sie ausgesetzt hatten oder verwahrlosen liessen, waren der Grund dafür. Es war weder Befriedigung noch Trost, dass sie eingefangen und getötet wurden. Junior lebt in uns weiter, hatte er doch das Feld vorbereitet und den Samen gepflanzt, aus dem die Liebe zu Katzen gewachsen ist.

Die kleine schwarze Fledermaus

Wenige Tage nach dem traurigen Ende von Junior trug Andreas eines Abends nach der Arbeit eine löchrige Pappschachtel über die Türschwelle. Verwundert war ich zwar etwas, dachte mir aber nichts weiter dabei. Mit einem vielsagenden Lächeln rief er mich ins Wohnzimmer und meinte: " Schatz, kannst Du bitte grad mal den Karton da ausräumen?" Den ersten Impuls von Ungehaltenheit unterdrückend, folgte ich seiner Aufforderung. Meine Hand hatte gerade die erste Klappe gelöst, als ein kleiner, schwarzer Kopf mit riesigen Ohren zum Vorschein kam. Langsam dämmerte mir, was da vor sich ging. Die immer noch rot verheulten Augen füllten sich erneut mir Tränen, diesmal aber vor Rührung.

Zärtlich hob ich den Winzling vollends aus seinem „Transportkäfig". Überwältigt und lachend besah ich mir das kleine Tierchen: "Andreas was ist denn das für eine kleine Fledermaus?" Die zierliche, schwarze Katze hatte einen weissen Brustfleck, ebensolche Söckchen und vor allem riesige, wirklich rieeeeeeesige Ohren. Das nur sehr spärliche Fell gab einen guten Blick auf die tausend Flöhe frei, die aufgeregt auf dem kleinen Körper umher rannten. Eine wahre Plage für das Katzenbaby. Der Schmerz über den Verlust von Junior sass immer noch sehr tief und ich wusste, dass dieses putzige Wesen kein Ersatz für ihn war. Mit grosser Erleichterung nahm ich diese Feststellung zur Kenntnis; diese Grundlage währe wohl Beiden niemals gerecht geworden.

Nun jedoch bot sich die wunderbare Möglichkeit, uns
wieder ganz von neuem in eine Katze zu verlieben.
Andreas hatte diesem „Angebot" eines Kollegen nicht
widerstehen können und mir erging es nicht anders.
Liebevoll betrachteten wir das kleine Kätzchen, das
selbstsicher und übermütig sein neues Reich erkundete.
Ahnungsvoll realisierten wir, dass die Charaktere von
Katzen so vielfältig und gegensätzlich wie bei
Menschen sein konnten. Wir sollten mit unserem ersten
Eindruck, hier ein ausnehmend cleveres Exemplar zu
haben, recht behalten. Dieses Miniatürchen setzte sich
auffordernd vor uns hin und verlangte nun erst mal
kategorisch nach Futter. Der Aufforderung kamen wir
nur zu gerne nach, denn durch die ganze Aufregung
hatten auch wir unser Abendessen völlig vergessen. Das
kleine Kätzchen setzte sich neben dem Herd auf die
Arbeitsplatte und sah mit grosser Faszination zu, was da
vor sich ging. Wie versteinert, ohne sich zu regen, nur
die Augen folgten uns.

"Sieh' mal, die sitzt ja da wie ein Stein", meinte mein
Mann bewundernd, "dass sich eine so kleine Katze so
reglos halten kann, wusste ich ja gar nicht". Dieser
denkwürdige Ausspruch gab unserem Katzenmädchen -
das Geschlecht hatten wir mittlerweile festgestellt -
ihren Namen. Kleiner Stein - ROCKY. Noch immer in
einem englischsprachigen Land und passte der Name
gut zu der Persönlichkeit der Katze. Dies zu bestätigen,
hatte sie später noch oft genug Gelegenheit.

„Eben bekomme ich in meinem Büro Besuch, von der obengenannten Katzendame. Sie hat ein feines Gespür, wenn sich irgendetwas um sie dreht. Ich lese ihr meine bisher verfassten Zeilen vor und sie legt sich genüsslich auf die Tastatur meines Computers. Nach aufmerksamem Zuhören ist sie nicht wieder zum rausgehen zu bewegen. Offensichtlich bleibt sie vorsichtshalber lieber mal hier, um zu kontrollieren, was ich da noch so alles zu Papier bringe. Versonnen streicht mein Blick über ihr schwarzes Fell - sie ist immer noch genauso fragil wie in jenen Anfangs-tagen. Ein bisschen größer natürlich und von einer ungeheuren Willensstärke. Wohlwollend streicht ihre Pfote über meine Hand und ich gehe in Gedan-ken zurück zum ersten Abend mit ihr."

Ein Körbchen hatten wir ja noch und wir zeigten es Rocky. Sie inspizierte es mit kritischem Gesichtsausdruck und zeigte sich dann aber zufrieden, zumal wir es neben unserem Bett platzierten. Andreas hatte sich konsequent geweigert, eine Katze bei sich im Bett zu haben. Was bei Junior ohne weiteres geklappt hatte, erwies sich bei Rocky als absoluter Nervenkrieg. Nach einer Stunde jämmerlichen Protestes und erbärmlichen Zitterns, hatte sie mich soweit. Möglichst lautlos, ohne ein verdächtiges Rascheln hob ich sie zu mir unter die warme kuschelige Bettdecke. (Man bedenke die 30 Grad Aussentemperatur in dem tropischen Gebiet – wie sie das leibhaftig gewordene Espenlaub verkörpern konnte, ist mir bis heute ein Rätsel.) Die abrupte Stille blieb meinem Mann natürlich nicht verborgen und einen sehr ärgerlichen Gatten vertröstend, fielen wir alle in den wohlverdienten Erholungsschlaf.

Er hatte ja eigentlich recht, und ich gab es kleinlaut und ungern zu. Für diese erste Nacht jedoch rollte sich das sturköpfige, von den lästigen Flöhen befreite Kätzchen zufrieden an meiner Schulter ein. Die nächsten Tage vergingen wie im Fluge. Rocky hatte mich schlichtweg um den Finger gewickelt und schlief jede Nacht weiterhin an meiner Seite. Als ob da eine unsichtbare Grenze war, überquerte sie die Mitte zur anderen Bettseite hin wohlweislich nicht. Mit einer besonderen Taktik „erlegte" sie dann scheibchenweise auch Andreas. Gegen Morgen, immer zirka eine halbe Stunde bevor unser Wecker klingelte, robbte sie sich vorsichtig vor Andreas' Hälfte des Bettes und wartete aufmerksam ab, bis er sich regte. Sie legte sich genau auf Augenhöhe auf sein Kissen und sah ihn hypnotisierend an.

Dabei legte sie mit Anmut die beiden Vorderpfoten übereinander und platzierte ihren Kopf schräg darauf. Andreas fühlte sich unbewusst beobachtet und spürte es natürlich in der Aufwachphase. Die ersten Male tat er es lässig als einen Zufall ab. Kaum zuckten seine Augenlider auch nur einen Hauch, als Zeichen des Aufwachens, fing Rocky laut - und wenn ich laut sage, meine ich laut - an zu schnurren und biss ihn zärtlich ins Kinn. Mein Göttergatte war morgens einfach besser aus dem Bett zu bringen als ich, und Rocky bestand auf Frühstück. Halb lachend, halb entnervt, erzählte mir Andreas immer öfter von dieser "Morgenroutine". Zu seiner Entrüstung fand ich, dass er einfach masslos übertrieb. Bis sich mir eines Morgens die Gelegenheit bot, selber das Ganze anzusehen. Die Eleganz, mit der Rocky ihren Kopf auf die akkurat verschränkten

Vorderpfoten legte und die Konzentration, mit der sie sich dann ganz auf Andreas fixierte, verblüffte mich.

Mittlerweile hatte sich mein Gatte aber so daran gewöhnt, dass er das alltägliche Geplänkel nur noch mit einem liebevollen: "Na, du Weib, gut geschlafen?" kommentierte. Rocky war sehr gelehrig, und die "Kindererziehung" verlief trotz ihres gelegentlichen Eigensinns recht problemlos. Bei den uns wichtigen Hausregeln, (ausgenommen natürlich die nicht – im – Bett – schlaf – Regel) deren Einhaltung ich mittels scharfem Blick oder warnender Stimme konsequent einforderte, hatte sie sich gut angepasst. Die weniger relevanten Gepflogenheiten liessen wir ihr - frau muss ja auch nachgeben können. Noch heute geht keine unserer Katzen ausser Rufweite und alle sind über Nacht im Hause und erst bei vollem Tageslicht wieder draussen.

In Australien dürfen Nachts streunende Tiere geschossen werden, eine schlichte Notwendigkeit, wenn auch eine tragische. Der „no worries" – Lebensstil hier hatte in Bezug auf die Verantwortung für Haustiere eine klare Schattenseite. Doch wir waren ja in der Lage es anders zu handhaben. So auch als ein Beitrag zum Schutze der Vogelwelt. Die bunten Piepmätze hatten gegen eine Katze in der Abend - oder Morgen - dämmerung die wenigsten Chancen.

Trotz aller Liebe die wir für Katzen hegten, vergassen wir nicht, was sie sind: Tiere und speziell Raubtiere. Rocky zeigte allerdings noch speziellere Marotten. So protestierte sie heftig, wenn wir zu spät von der Arbeit kamen. Die grossen fliegenden Kakerlaken, etwa mit den Maikäfern hier in Europa zu vergleichen, jagte sie mit Leidenschaft und trug sie durch das immer offenstehende Fenster in die Wohnung. Demonstrativ fanden wir die Beute dann innen vor der Türe, wenn wir uns einmal verspäteten. Ein grusliges Gefühl, wenn man aufschliesst und mit dem ersten Schritt auf etwas knackiges tritt. Ein anderer Tick war die Begleitung von Andreas auf die Toilette, wo sie nebenan sass und geduldig wartete, nur um dann wieder gemässigten Schrittes das Bad zu verlassen. Erstaunliches förderte unser Mädel allerdings bei Esme zu Tage. Völlig selbstvergessen spielte die Lady mit dem vorwitzigen Nachbarskind.

Im Gegenzug wiederum brachte Madame Esme ihr alles Notwendige bei, um damenhaftes Benehmen demonstrieren zu können. Mit Grazie und Eleganz sich zu bewegen oder auch hocherhobenen Hauptes langsam vorbei zu stolzieren. Da Rocky jedoch eine kleine Ader mit Lausbubenblut in sich trug, blieben manchmal selbst Esmes Bemühungen vergebens. In die Wohnung neben uns zog wenig später ein Landsmann von uns ein. Er war für denselben Hotelkonzern tätig und wir hatten sofort einen freundschaftlichen Draht zueinander. Nach einigen Tagen hatte er sich so für Rocky begeistert, dass auch er ein kleines Kätzchen mit nach Hause brachte. Die dreifarbene junge Dame wurde auf den Namen Ginger getauft, doch wir riefen sie eigentlich nur Gingi. (Ginger ist später mit der Mutter des besagten jungen Mannes nach Saarbrücken gezogen und ist dort in einem Konditorei- Café der Star des Hauses geworden.) Eine echte Glückskatze eben. Rocky jedenfalls war hoch erfreut über die neue Spielkameradin.

Fortan waren die Beiden meistens bei uns am
herumtollen. Der wechselnde Damenbesuch, des ohne
Zweifel gutaussehenden Junggesellen, war nun mal
nicht unbedingt nach Gigis Geschmack. Ihre
Schmuseeinheiten mit anderen weiblichen Wesen teilen
zu müssen, fand sie einfach ungerecht. Esme zeigte sich
erstaunlich gelassen, über den unverhofft wachsenden
Kindergarten im Hause, zu dem sich auch noch ein
kleiner, grauer Nachbarskater gesellte. Von wegen
Katzen sind Einzelgänger! Kleinere Streitereien hatten
die drei Freunde allerdings schon durchzustehen. Meist
spielten sie aber friedlich oder schliefen aneinander -
gekuschelt auf unserem Sofa. Nach einem
angemessenen Zeitraum drängten wir dann darauf, dass
beide Damen sterilisiert wurden. In der Umgebung
lebten wirklich schon genug verwilderte Katzen mehr
schlecht als recht. Es ist eine Verschwendung von
Leben, Haustiere Junge bekommen zu lassen, nur um
sie dann zu töten oder einfach auszusetzen - wie leider
gedankenlos oft gemacht in diesem wunderbaren Land.

Einige Zeit darauf kündigten wir im Hotel und
beschlossen, den Kontinent auf dem wir wohnten, etwas
näher zu erkunden. Die unbeschreibliche Weite die uns
hergezogen hatte und die Offenheit faszinierte uns
besonders. Die Spiegelung davon fanden wir im
unerschütterlich, gelassenen Charakter der Australier.
Etwas das einen Europäer auch schon mal zum
Wahnsinn treiben konnte. Die Natur war so
vollkommen anders – beeindruckend - und verlangte
uns den nötigen Respekt von alleine ab. Mit bleibenden
Impressionen vom Rainforest und dem Great Barrier
Reef verabschiedeten wir uns vom Bundesstaat
Queensland. Der alte, dunkelgrüne Ford Falcon, mit

24

dem ich das Baujahr teilte und den Rocky schon von weitem am Quietschen der Stossdämpfer erkannt hatte, wurde verkauft.

Erneut voller Abenteuer und Wagemut wurden wir stolze Besitzer eines alten VW Busses. Zum Campingwagen umgebaut und daher bestens geeignet für unsere Reisepläne. Etwas verwirrt rannte unsere Rocky zwischen den gepackten Kartons umher und wusste nicht so recht, was sie davon halten sollte. Wir verstauten Gepäck, Haushalt und Katz' und verabschiedeten uns ein wenig wehmütig von den liebgewonnenen Freunden und Nachbarn.

Rocky hatte unheimlich Angst, als der Motor startete und versuchte, sich unter unserem Sitz zu verstecken. Ich bat Andreas nach ein paar Kilometern anzuhalten und holte die zitternde Katze hervor. Zweiter Versuch. Wiederum erschrak sie durch das Geräusch, diesmal jedoch hielt ich sie auf meinem Schoss fest, als wir weiterfuhren. Die Möglichkeit sie einfach nicht mitzunehmen, hatten wir nicht einmal in Betracht gezogen. Ein paar homöopathische Notfalltropfen erleichterten ihr den Anfangsstress und nach zwei Stunden hatte sie sich daran gewöhnt. Dieses rollende Ungeheuer fand sie schon ein ausgesprochenes Ärgernis, doch sie fügte sich nach und nach. Zur Mittagsrast legte sie sich schon, immer noch grummelnd zwar, in ihr Körbchen. Da blieb sie auch, als wir unsere Fahrt fortsetzten und unsere Erleichterung war sprichwörtlich.

Nach mehreren Stunden anstrengender Fahrt fanden wir einen sympathisch wirkenden Campingplatz zum

Übernachten und alle genossen die erste längere Unterbrechung. Rocky liessen wir auch mit nach draussen, um sich ein wenig die Füsse zu vertreten. Sie blieb dicht bei uns, und eine Toilette hatte sie schliesslich im Bus. Im Halbschlaf barfuss auf Katzenstreu zu treten, ist allerdings eine mehr als unangenehme Erfahrung, die nicht zur Nachahmung empfohlen wird. Nachts kuschelte sie sich zwischen uns und entlockte beiden ein breites Grinsen, wenn sie Andreas wieder aus Gewohnheit zärtlich am Kinn knabberte. Die meisten Campingplätze hatten ein grosses Schild vorne am Eingang. " NO DOGS ALLOWED "= keine Hunde erlaubt. Auf die Idee, dass jemand eine Katze mitbringen könnte, kam grundsätzlich niemand. Rocky sorgte daher auf den Rastplätzen immer für Gesprächsstoff und Kontakt, kaum dass wir die Türe geöffnet hatten und sie mit der ihr eigenen Selbstverständlichkeit heraussprang.

Entgegen allen Bedenken hatten wir keinerlei Probleme, dass sie uns weglaufen wollte. Steht's blieb sie in der Nähe unseres gelben Vehikels, das sie mittlerweile als ihr zu Hause ansah. Und für den Moment war es das ja auch. Zwei Monate lang pilgerten wir gemütlich die ganze Ostküste von Australien entlang, die grossen Städte Brisbaine, Canberra, Melbourne und natürlich Sydney bewundernd. Die wohl bekannteste Stadt Australiens musste einen besonderen Reiz auf Rocky ausüben. Sie kam während der Fahrt nach vorne und stellte sich mit den Vorderpfoten aufs Lenkrad, während Andreas´ Oberschenkel für die Hinterbeine als feste Basis dienten. Dieses Bild innen und die Aussicht auf die Harbour Bridge aussen, war einfach überwältigend.

Schliesslich landeten wir dann ganz im Süden, in Adelaide.

Hier endete das Vagabundieren; wir beschlossen wieder sesshaft zu werden und das Spiel des Lebens begann von vorne. Wohnung suchen, Arbeit finden, Freundschaften schliessen, heimisch werden. Nach der Enge des Wohnmobiles sehnten wir uns nach einem Haus mit viel Grün drum herum und fanden zügig ein Plätzchen, dass unseren Vorstellungen entsprach. Ein örtliches Feinschmeckerlokal bot uns Arbeit an und bald hatten wir auch neue Freunde gefunden und uns erneut gut eingelebt. Rocky war begeistert von dem neuen Domizil. Zwei Bäume umrahmten das Haus, auf denen sie nach Herzenslust klettern konnte. Ein Wehmutstropfen aber gab es. Wir arbeiteten ausschliesslich Abends, dadurch war sie lange Stunden am Stück alleine und oft recht einsam zu Hause. Wie immer fügte sich eines zum anderen. Die Freundin unseres Patrons erzählte bei einem gemütlichen Glas Wein aus dem Barossa Valley, dass eine verwilderte Katze Junge in ihrem Garten bekommen hätte. Sie suchte händeringend nach Plätzen, denn je länger sie ohne täglichen, menschlichen Kontakt waren, desto schwerer waren sie zu zähmen und später unterzubringen.

Andreas wandte seinen Kopf in meine Richtung, unsere Blicke kreuzten sich und blieben für einen Augenblick aneinander haften. Jeder erriet auf Anhieb, dass der andere Partner denselben Gedanken hegte. Unsere kleine schwarze Prinzessin wusste von alledem noch nichts. Sie war nach wie vor begeistert, soviel Platz zum toben zu haben. Ab und zu bekamen wir inzwischen auch Besuch aus Europa. Es war enorm spannend, die Reaktionen auf dieses wunderbare Land bei Freunden und Verwandten zu beobachten.

Fluffy

Ja, es war eigentlich schon klar. Nach reiflichem hin
und her Überlegen kamen wir zum Schluss, dass es für
Rocky einfach besser wäre, nicht allein zu sein.
Aufgeregt fuhren wir zu dem bewussten Vorort in
Adelaide hin. Die Lebensgefährtin unseres Chefs hatte
sich der kleinen Rangen so gut es ging angenommen.
Nach kurzem Klingeln öffnete sie uns und führte uns
mit erwartungsvollem Gesichtsausdruck den Flur
entlang. Damit sich die kleinen Kätzchen besser an
Menschen gewöhnten, hatte die unverhoffte Besitzerin
sie in ihre Küche geholt. Die halbwilde Mutter der
Kleinen zeigte sich wider Erwarten damit
einverstanden. Sie ging zwar sehr nervös und mit stetem
Blick auf die offene Türe zu ihren Jungen - kam aber
regelmässig, um sie zu säugen. So besahen wir uns die
fünf Kleinen, darunter ein aussergewöhnliches
Katzenbaby mit flauschigem, grau – weiss getigertem
Fell. Unverhofft tauchte ich dabei in die
wundervollsten, leuchtend blauen Augen ein. Wie ein
Sonnenstrahl ging mir der Blick mitten ins Herz.

" Was meinst Du?" Fragend sah ich Andreas an und war
mir nicht ganz sicher, wie er auf meine spontane
Entscheidung reagieren würde. "Du hast Dich schon
entschieden, oder?" antwortete er mit Gelassenheit.
"Ja!" erwiderte ich schlicht. Es gibt sie eben doch, diese
oft beschriebene Liebe auf den ersten Blick.

Es stellte sich heraus, dass ich einen kleinen Kater ausgesucht
hatte, den wir wenig später zu uns holten. Er war einfach goldig,
gezeichnet ähnlich wie Rocky, mit weissen Söckchen und dem
ebenso weissem Brustlätzchen. Jedoch besass er ein ganz anderes

Gemüt, er war aufmerksam und trotzdem schüchtern, tapsig und einfach „süss". Eigentlich fand ich diese Bezeichnung für Tiere nicht wirklich passend. Aus Ermangelung eines geeigneteren Ausspruches benutzten wir aber alle dieses Wort. Als wir mit ihm über die Türschwelle traten, kam uns Rocky erwartungsvoll entgegen. Liebevoll nahm ich sie auf den Arm und begrüsste mein Mädel erst einmal. Dann setzte ich sie vorsichtig auf den Boden und machte sie mit Fluffy (Nomen est Omen das deutsche Wort dafür wäre flauschig) bekannt. Mit einem entsetzten Aufschrei stürzte sie sich auf den kleinen Neuankömmling und fauchte sich fast die Seele aus dem Leib.

Unsere Beschwichtigungsversuche blieben erfolglos. Fluffy, nun der Jüngste unserer Familie, verbrachte seine erste Nacht verängstigt unter dem Kühlschrank. Wir waren trotz des holprigen Starts nicht sonderlich beunruhigt und wussten, dass die Beiden einfach Zeit brauchten. Bewusst teilten wir die Aufmerksamkeit so gut es ging gerecht zu. Nach wenigen Tagen hatte Rocky sich damit abgefunden, dass ihr alleiniger Anspruch auf uns erloschen war. Die Präferenzen und die Zuordnung der Menschen zeichnete sich ab - ohne dass man uns gefragt hätte natürlich! Rocky hatte sich etwas mehr auf Andreas fixiert und Fluffy fügte sich gerne und konzentrierte sich auf mich. Langsam erforschte unsere Grosse auch die positiven Seiten des neuen Familienmitgliedes und stellte nach anfänglichem Verweigern fest, dass sie wieder einen Freund gefunden hatte. Zu unserer Freude spielten die Vierbeiner bald ausgelassen miteinander im Garten.

Rocky hatte sich wohl doch irgendwie an Gingi erinnert und die beiden wurden nach den bald überwundenen Schwierigkeiten richtige Geschwister. Fluffy entwickelte sich zu einem sehr feinfühligen Kater mit Frieden stiftenden Talenten. In sein hingebungsvolles, offenes Herz verliebte ich mich immer wieder, wie im ersten Augenblick unseres Zusammentreffens. Wenn

Rocky mal streiten wollte, wehrte er sich nie. Er legte sich auf den Rücken und überliess der schwarzen Dame bedingungslos das Sagen. Doch spielte auch er leidenschaftlich und ausgelassen mit Rocky, wir wussten nur nicht, ob er eigentlich auch fauchen konnte. Ganz im Gegenteil! Ab und zu mussten wir mit Zwischenrufen die kleinen Geplänkel unterbrechen, denn Rocky konnte sehr "unladylike" rabiat werden. Etwas irritiert waren wir jedoch, dass sich seine Gastfreundschaft auf alles, was sich in unserem Garten aufhielt, ausdehnte. Kamen andere Katzen in den Garten, führte er sie ins Haus hinein, direkt zum Platz, wo das Futter stand.

Es war eine entspannte Zeit und wir genossen die speziellen Eigenheiten von Südaustralien, die Jahreszeiten - das trockene (nicht tropische) Klima - den Grand Prix, der direkt vor unserer Haustüre stattfand und natürlich die ausgezeichneten Weine aus dem Barossa, Claire und McLaren Tal. Die weissen und roten Tropfen Australiens sind bis heute ein liebgewonnenes Hobby. Neue Fische, Früchte und eine erweiterte Vielfalt an besonderen asiatischen Gewürzen bereicherten ebenfalls unser berufliches Wissen. Die Flexibilität und Spontaneität, die Gelassenheit nicht alles zu ernst zu nehmen; all diese Eigenschaften aus dem anderen Ende der Erde verschmolzen zusehends mit meinem schweizerisch exakten, gradlinigen und manchmal sturköpfigen Charakter. Die damit neu gewonnene Perspektive auf das Leben war ein unbezahlbarer Gewinn.

Fluffy bescherte uns kurz darauf einen grossen Schreck und die immerwährende Mahnung an unsere eigene Vergänglichkeit. Keine Streicheleinheit und kein freundliches Wort, das man sagen möchte, sollte man aufschieben. Wer kann schon wissen, ob einem die Zeit bleibt, es später noch zu tun. Dieses Wissen erzog mich, mehr als alles sonst, zur konsequenten Ehrlichkeit und

gibt den, manchmal notwendigen, Mut zur Klarheit.
Ebenso zur Achtsamkeit, immer mit einer liebevollen
Geste zu enden, ganz egal was zuvor geschehen war. An
jenem denkwürdigen Tag hatten wir früh Schluss im
Restaurant und das kam uns sehr gelegen. Beunruhigt
hatten wir die letzten Stunden verbracht, denn Fluffy
war an diesem Tag nicht wie gewohnt ins Haus
gekommen. Vor Arbeitsbeginn war aber nicht die Zeit
geblieben, ihn noch zu suchen.

Die Dunkelheit war von einer beängstigenden Schwärze
und irgendwie breitete sich auf der Heimfahrt im Auto
eine beklemmende Vorahnung aus. Von angsterfüllten
Gedanken getrieben kamen wir zu Hause an und sahen
mit einem Blick, dass Fluffy noch immer nicht da war.
Rocky miaute ununterbrochen und wir riefen Fluffys
Name in die Nacht hinein. Das leichte Beben in meiner
Stimme, gab nur wenig von dem tumultartigen Aufruhr
in meinem Innern preis. Plötzlich erkannte ich ihn, im
Schatten der Gartenlaterne langsam auf uns
zukommend. Halb gelähmt vor Angst stolperte ich auf
ihn zu und er schleppte sich mir entgegen. Vorsichtig
beugte ich mich zu ihm und tastete mit fliegenden
Händen über seinen blutverschmierten Körper. Die
Erkenntnis über die Schwere seiner Verletzungen liess
meine Gefühle der Panik schlagartig verschwinden.
Komplett emotionslos rief ich kurz zu Andreas: "Sofort
in die Klinik, hol mir ein Handtuch und Notfalltropfen!"
Das linke Auge war eine einzige blutig, verquollene
Masse und er stand offensichtlich noch immer unter
Schock. Vorsichtig wickelte ich unseren Kleinen in das
Tuch, glitt ohne weitere Erschütterung auf den
Beifahrersitz und flösste ihm ein paar Tropfen ein.
Meine bessere Hälfte fuhr, so ziemlich alle

Verkehrsregeln nachts um 2 Uhr missachtend, mit rasendem Tempo zur Tierklinik. Mir blieb nichts weiter als sanft auf Fluffy einzureden und zu hoffen, dass die Zeit reichen würde. Es schien endlos zu dauern. Wie eine unbeteiligte, dritte Person neben mir stehend, fragte ich mich, wen von uns Beiden ich eigentlich wirklich zu beruhigen versuchte. Endlich sahen wir das Neonleuchtschild, dass wir so herbeigesehnt hatten. Gefasst betraten wir die Tier - Unfallklinik und ich konnte ihn vorsichtig auf eine Untersuchungsliege betten. Fluffy wirkte so klein, zerbrechlich und hilflos.

Wir besprachen mit dem zuständigen Notfalltierarzt die Alternativen, die uns erwarteten. Das Auge war auf jeden Fall verloren und auch die Möglichkeit von Hirnverletzungen mussten wir ernsthaft bedenken. Arzt und "Eltern" trafen daraufhin die Übereinkunft, trotzdem das Auge zu verarzten, zuzunähen und auch die anderen Wunden zu versorgen. Wenn sich herausstellen sollte, dass Fluffy wirklich schwere Schädelverletzungen erlitten hatte, dann würden wir ihn nicht leiden lassen. Erst aber wollten wir abwarten und sehen wie es ihm ging, wenn er wieder aufwachte. Nachdem Fluffy mit dem Arzt im Operationsbereich verschwunden und unserem Blickfeld entzogen war, brachen die Angst und die Tränen mit aller Macht durch die Fassade meines Verstandes. Würgend und erbrechend fand ich mich im Vorgarten der Klinik wieder – Andreas schluchzend auf der hell erleuchteten Treppe.

Die Verantwortung wiegt in solchen Momenten unendlich schwer, speziell wenn man sie für etwas oder jemanden trägt, den man liebt. Die Freude mit einer

Katze zu teilen, schliesst auch mit ein, im schlimmsten
Fall über ihr Leben entscheiden zu müssen. Eine
Münze, die immer zwei Seiten hat, auch wenn man nur
eine davon sehen und vor allem wahrhaben will.
Irgendwie erschien mir das Ganze aber auch zeitgleich
völlig absurd, denn als Tochter eines Bauern hätte ich
eigentlich nicht so hysterisch reagieren dürfen.
Schliesslich waren auch Schlachtungen auf dem Hof
meiner Eltern nichts ausser gewöhnliches gewesen. Wie
also konnte sich dieser Kater so mit mir verbunden
haben? Eine Antwort bekam ich nicht, aber ich wusste,
dass uns eine unerklärliche, tiefe Liebe gemeinsam war.

Am frühen Morgen des folgenden Tages fuhren wir als
erstes in die Klinik und der Arzt meinte, er könne leider
noch nichts Definitives sagen. Ich wollte Fluffy
unbedingt sehen und widerwillig liess er mich die
Station betreten. In einer der Gitterboxen sah ich
meinen Kater liegen und öffnete den Deckel wie in
Trance. Langsam Fluffys Namen flüsternd näherte sich
mein Gesicht dem seinen. Wie in Zeitlupe hob auch er
den Kopf und seine Nase streifte die meine wie ein
zärtlicher Lufthauch. Die Feuchte spürte ich noch
tagelang auf meiner Haut. In diesem Augenblick wusste
ich mit völliger Sicherheit, dass er wieder gesund
werden würde. Der Tierarzt konnte seine Irritation kaum
verbergen. Das verstärkte sich noch, als ich ihn mit
Bestimmtheit bat, die Türe der Box nicht wieder zu
verschliessen. Er erfüllte meinen Wunsch, wenn auch
mit sichtlichem Zweifel an meiner
Zurechnungsfähigkeit.

Jeden Tag ging es Fluffy etwas besser. Das Auge war
perfekt vernäht worden, die restlichen Verletzungen

heilten und ausser dem kleinen Schönheitsfehler konnten wir keine Auffälligkeiten bemerken. Als wir am fünften Tage wieder die Klinik betraten, war seine Käfigbox plötzlich leer. Mit langen Schritten kam der Leiter auf uns zu und druckste, auf unsere Frage nach dem Verbleib des Katers, unsicher herum. Meine Sorge wollte sich schon in Unfreundlichkeit entladen, als er sich durchrang und darum bat, Fluffy behalten zu dürfen. Der Arzt hatte meiner Bitte tatsächlich entsprochen und war um Erklärungen, was das Verhalten unseres Schützlings betraf, sichtlich verlegen. Fluffy hatte sich nämlich um die anderen Anwesenden liebevoll gekümmert und es schien, dass die verletzten Tiere durch seine Präsenz tatsächlich entspannter geworden wären. Langsam ging er von Käfig zu Käfig und sah in jede Box. Die enorme Kraft und Ruhe, die unser Kater ausstrahlte, verfehlten ihre Wirkung auf die anderen Patienten nicht. Zum grossen Bedauern des Arztes wollten wir uns nicht von Fluffy trennen.

Er war ein wertvoller Teil unserer Familie und das würde er auch bleiben. Als wir eben jenen Arzt aus der Tierklinik später einmal in der Fussgängerzone trafen, erzählte er uns stolz, dass er nun einen eigenen, weissen Kater „eingestellt" habe. Nach den denkwürdigen Erfahrungen mit unserer Familie, wusste er um den Nutzen solch tierischer Unterstützung. Später hatte er einen angefahrenen Haustiger aufgefunden, ihn gesund gepflegt, und als Dank dafür war der Vierbeiner nun sozusagen als Krankenpfleger in der Klinik tätig.

Es erstaunt mich immer wieder, wie sehr unser aller Leben hier auf Erden verwoben ist. Durch Umstände trifft man zusammen, lernt voneinander und geht ein

Stückchen weiser weiter auf dem Lebensweg. Wir Menschen sollten uns mit Herz und Verstand vor Augen halten, dass wir die ausgeatmete Luft unseres unliebsamen Nachbars wenig später selber einatmen. So teilen wir auf jeden Fall viel mehr miteinander, als uns vielleicht manchmal lieb und bewusst ist. Die Kindheitsjahre meines Lebens über, hatte ich eine instinktive Scheu, anderen Menschen die Hand zu geben oder sie sonst zu berühren. Ich verteidigte mich gegen die aufgezwungene, gesellschaftlich erwartete Höflichkeit immer mit der Begründung, es bliebe ein Teil an mir kleben.

Wenn Bilder über die Grausamkeiten der Menschen gegeneinander oder gegen die Natur und ihre Bewohner im Fernseher gezeigt werden, dann bin ich mir auch heute noch sicher, dass man seine Seele damit ganz real beschmutzen kann. Kann das die Informationsfreiheit sein, die man mit Vehemenz verteidigt? So wie jedes böse Wort seine eigene Dynamik entwickelt, so tun es unbestreitbar auch die Bilder. Unmöglich dagegen anzugehen? Nein! Die Liebe, mit der man sich und anderen begegnet, ist ein Ausgleich der Kräfte. Die besondere Liebe einer Katze, ohne Bedingung einfach um der Liebe selbst Willen, war mir eine Lehre dafür. Zwischen den Menschen jedenfalls scheint das schwieriger. Wir üben ja seit wenigstens 2000 Jahren die Bedingungslosigkeit immer noch, mit eher mässigem Erfolg. Trotz des unbestrittenen Vorteils, die besten Lehrer seit Anbeginn der Zeit gehabt zu haben. Also kann ein wenig abgucken bei anderen Lebewesen uns nur gut tun.

Sylvester

Mit Fluffys vollständiger Genesung, trat auch etwas
Ruhe in unseren inzwischen herbstlichen Alltag ein. Er
hatte keinerlei Probleme sich mit nur einem Auge
zurechtzufinden und sein friedliebender Charakter hatte
sich auch nicht geändert. Die Ausnahme bildeten da
Mäuse – mit immenser Geduld und Leidenschaft jagte
er die Fiepmätze. In Erinnerung daran, einmal mehr
wild als zahm gewesen zu sein, verspeiste er sie
umgehend. Leider vergass er dabei regelmässig seinen
empfindlichen Magen mit einzukalkulieren. Das eklige
Ergebnis durften wir dann mit Küchenkrepp und
angewidertem Gesichtsausdruck entfernen. Mehr
Unangenehmes konnte man aber beim besten Willen nie
über Fluffy erzählen.

Den wöchentlichen Einkauf tragend, erblickten wir bei
der Rückkehr verwundert eine fremde Katze auf unserer
Veranda. Ein überdurchschnittlich grosser, langhaariger,
schwarzer Kater mit beigem Brustkorb und passenden
Pfoten. Nie zuvor war er in unserer Nachbarschaft
gesehen worden, wie sich bei einer kurz darauf
erhobenen Umfrage ergab. Dieser Kater wäre bestimmt
nicht nur uns aufgefallen. Stolz erhob er sich langsam
zu seiner vollen Grösse und stellte sich direkt vor die
Haustüre. Rocky umschwärmte ihn wie Motten das
Licht zu tun pflegen und uns wurde schnell klar, dass
sie sich heftig verliebt hatte. Sterilisiert oder nicht, ihr
intensives Interesse schien ihm zu schmeicheln. Ein
amüsiertes Gefühl bemächtigte sich uns Beiden - so
also war das mit einer Teenager - Tochter, die das erste
Mal ihren festen Freund mit nach Hause bringt. Das war
der Auftakt zu einem weiteren Lebensabschnitt.

Wir kicherten ziemlich albern herum, woraufhin Madame entsetzt mit einem strafenden Blick reagierte. Also baten wir den Kater mit ins Haus und mit gelassener Selbstsicherheit folgte er uns. Einen extra Fressnapf hatten wir aus unerfindlichen Gründen immer in der Wohnung und dieser umsichtige Weitblick wurde nun wieder einmal belohnt. Wir nannten den Kater Sylvester, weil er der Zeichentrickfigur sehr ähnlich sah. Speziell das Gesicht mit einen Fell, dass zu einem sprichwörtlichen Grinsen frisiert zu sein schien. Ihm war die Namenswahl auch genehm – so jedenfalls interpretierten wir sein zufriedenes Gehabe. Fluffy war wie immer Gentleman und mischte sich in Rockys Liebesleben überhaupt nicht ein. Nun, eine halbwilde Katze mit unbekannter Vergangenheit im Haus zu haben, ist grundsätzlich ja in Ordnung. Nicht jedoch die ganze Nacht hindurch, da sie in Panik geraten und ziemlichen Schaden anrichten könnte. Andreas komplimentierte Sylvester hinaus, Rockys steinerweichenden Protest mit Beschwichtigungen mildernd. Dann schloss er die Türe und auch - das immer noch flehende Miauen unseres Mädels ignorierend – die Fenster.

Am nächsten Morgen erwachte ich und zog noch völlig schlaftrunken die Bettdecke etwas höher. Murmelnd meinte ich, auf das Fussende schauend:
"Rocky mach' Dich nicht so breit". Genüsslich legte ich mich wieder hin und kuschelte mich in die Wärme der vergangenen Nacht. Plötzlich fuhr ich mit einem Satz in die Höhe und erkannte, was an dem Bild nicht stimmte: Da lag, friedlich zusammengerollt auf meinem Daunen - - Sylvester und blinzelte mich genauso verschlafen an.

Sein charmantes Grinsen war ebenso frech wie ansteckend, ärgerlich sein konnte man mit ihm auf jeden Fall nicht.

Trotzdem weckte ich Andreas und wir kontrollierten als erstes die Vorder- und Hintertüre, sowie sämtliche Fenster. Zu unserem, immer grösser werdenden Erstaunen stellten wir fest, dass alles ordnungsgemäss verschlossen war. Ungläubig sahen wir uns immer wieder an. Wäre ich nicht selbst dabei gewesen, als Andreas Sylvester hinausgebracht hatte, er hätte mich unmöglich davon überzeugen können. Bis zum heutigen Tage weiss ich nicht, wie die Katze wieder hereingelangen konnte, doch sie war halt da. Hatte da etwa jemand aus Mitleid gehandelt und wollte es nicht eingestehen? Nun wir haben uns offiziell einfach mit dem Rätsel abgefunden. Eigentlich hätten wir ihn gerne gefragt, doch erstens können Katzen nicht so genau erzählen und zweitens blieb Sylvester nur wenige Tage. Danach verschwand er ebenso so geisterhaft, wie er gekommen war.

Wir haben ihn nie wieder gesehen und niemand ausser uns schien diesen Herzensbrecher überhaupt je bemerkt zu haben. Ich musste ja auch nicht alles wissen oder erforschen, man kann anderen Lebewesen auch ihre Geheimnisse gestatten und sie respektieren. Rocky trauerte um ihren unbekannten Helden und wir fühlten mit ihr den Schmerz des ersten Liebeskummers. Sylvester war wie ein Phantom aufgetaucht und wieder gegangen. Er hatte etwas Mystisches an sich, etwas Unfassbares, mit einer intensiven, liebevollen Ausstrahlung. Ein Streuner mit einer genialen Mischung von selbstbewusstem Charakter und Charme, kombiniert mit einem riesengrossen Herzen. Andreas meinte spöttisch, als Mann wäre der Kater wohl unwiderstehlich gewesen. Ich konnte mich seiner Meinung nur anschliessen. Ohne jegliche Gegenwehr, in einer sehr romantischen Gefühlsaufwallung, liess ich meiner Vorstellungskraft freien Lauf. In Gedanken versunken lächelte ich vor mich hin und glitt an diesem Abend in einen wunderschönen Traum. Als ich morgens aufwachte, umspielte dieses Lächeln noch immer meine Lippen.

Rambo und Tigger

Wir hatten viel Freude an unseren zwei Katzenkindern und erzählten auch bei Freunden immer wieder Geschichten über sie. So kam es, dass nach und nach einige unserer Bekannten auch „Katzeneltern" wurden. Mit unterschiedlichem Erfolg und Ausgang; doch der überwiegende Anteil ist es heute noch.

Aus England kam eine junge Frau nach Australien, die in der Patisserie des Hotels arbeitete. Wir freundeten uns mit ihr an und Jacky, so hiess das sommersprossige, rothaarige Temperamentsbündel, wohnte anfangs auch eine ganze Weile mit uns zusammen. Nachdem sie eine eigene Bleibe gefunden hatte, vermisste sie unsere Katzen im Alltag so sehr, dass sie entschied, selbst Ihr Leben mit vier Pfoten zu teilen. Mit Eifer unterstützten wir sie natürlich bei ihrem Vorhaben. Anfänglich besuchten wir alle Freunde mit kleinen Kätzchen. Selbst Zoogeschäfte hatten welche anzubieten, die oftmals bei ihnen abgegeben worden waren. Unsere Begleitung war ihr wichtig, für den Start der Beziehung, die ja ein ganzes Katzenleben lang dauern sollte.
Mit einem bisschen Erfahrung und der Liebe "aus dem Bauch" standen wir ihr nach Kräften zur Seite. Eines Tages stiessen wir auf zwei Kätzchen, die zwar verschieden gross waren, aber doch aussahen wie eineiige Zwillinge. Schwarz- braun- beige getigertes Fell und ausnehmend schön gemustert. Jacky wollte keinen Kater, sondern eine weibliche Katze. Wie sich herausstellte, war die kleinere der Beiden genau was sich unsere Kollegin vorgestellt hatte. Der Grössere miaute ohne Unterbruch jämmerlich, bewegte sich pausenlos in dem engen Raum und hatte einen

halbirren, flackernden Ausdruck in den Augen. Andreas und ich verfolgten das Gespräch der Besitzerin mit Jacky. Das taten die beiden Vierbeiner auch, während sie im Käfig weiterhin wie unter Zwang auf und ab gingen.

Es war keine schöne Atmosphäre und die Umstände der Tierhaltung waren nicht gerade das, was man liebevoll oder auch nur annähernd tiergerecht professionell nennen konnte. Ein leichtes Ärgergefühl stieg in mir auf, doch hielt ich mich zurück und liess Jacky entscheiden. Schliesslich war sie selbst erwachsen und wir hatten ihren Entschluss, das Kätzchen haben zu wollen, mit Respekt anzunehmen. Bald waren die beiden Frauen, entgegen unseren Bedenken, handelseinig. Für ein paar Dollar wechselte die Eigentümerin. Die schmächtige Katzendame taufte sie auf den Namen "Tigger". Dieser Name, einer Figur aus einer bekannten Kindergeschichte, stand für Jacky schon vorher fest.

Die schmuddelig wirkende Dame in Verkaufsraum murmelte leise: "Den anderen werde ich jetzt wohl töten, der ist schon zu gross und zu verrückt, den nimmt eh niemand mehr." Andreas sah mich an und schob mich mit einer entschlossenen Handbewegung in Richtung Ausgang. "Nein, Du kannst nun mal nicht jede Katze in Australien aufnehmen und zwei sind genug!" Noch immer fassungslos, ob solch ungeheuerlicher Gleichgültigkeit, wandte ich mich nochmals um und fragte nach, ob sie das denn ernst gemeint habe. "Die Leute bringen soviel neue Katzenbabys; die Grösseren haben dann keine Chance mehr. Und der hier..." Ihr verächtlicher Blick wandte sich dem verbliebenen Kater im Käfig zu, "der ist sowieso verrückt. Nehmen Sie ihn doch, den können sie umsonst haben. Aber ich warne Sie! Seien Sie vorsichtig, der war schon total versaut, als er hier ankam!" Erneut wandte sich die Dame ab, als ob es sie nichts mehr anginge. Während ich hinter ihr hersah überlegte ich noch was die Bezeichnung versaut wohl beinhaltete. Das war ein definitiver Notfall und da half nur noch weibliche Überredungskunst. Bittend sah ich zu meinem Mann: "Schatz, meinst Du nicht, wir bekommen auch noch Nummer drei satt? Und wenn er so verrückt ist, wie die Dame behauptet, oder er den anderen zwei Leid zufügt, werde ich ihn einschläfern lassen. Mindestens eine Möglichkeit zu beweisen, was in ihm steckt, verdient er doch wirklich. Bitte lass es mich wenigstens versuchen!" Andreas wusste, dass ich zu meinem Wort stehen würde.

Trotzdem bewunderte ich ihn im Stillen dafür, dass er meinem Flehen nachgab und einwilligte. Es war allerdings nicht ausschliesslich mein Verdienst, denn die Schönheit und imposante Grösse dieses Katers hinterliessen auch bei ihm einen tiefen Eindruck. Von diesem Tage an hatten wir also drei Katzen und den Neuzugang in unserem Hause nannten wir " Rambo". Er machte seinem Namen alle Ehre und benahm sich wie das Leinwand- Gegenstück. Rücksichtslos sprang und rannte er im Haus herum und manche schönen Stücke auf dem Tisch oder in der Küche fielen seiner verrückten Raserei zum Opfer. Wochenlang liess er sich nicht berühren. Doch erstaunlicherweise blieb er trotzdem immer in unserer Nähe. Er hatte sich sofort intensiv mit Fluffy angefreundet und dessen Mithilfe und Geduld war mir eine hochgeschätzte Unterstützung. Rocky hingegen konnte ihn nicht besonders leiden und das zeigte sie ihm auch unmissverständlich. Oftmals gab sie ihm, nur so im Vorübergehen, eine Ohrfeige. Da sie noch stärker war als er, musste er es dulden. Hätte Rocky gewusst, dass Rambo einmal ganz andere Masse haben würde - sie hätte es sich sicher besser überlegt.

Rambo war schon eine grosse Nervenbelastung für alle. Noch immer liess er sich nicht streicheln, miaute oft stundenlang und war buchstäblich ein leibhaftig gewordener Elefant im Porzellanladen. Wir machten uns ernsthaft Sorgen, als sich sein Verhalten nach annähernd 10 Wochen immer noch nicht massgeblich besserte. Seine Macke hatte uns mittlerweile Vorhänge, Geschirr, Gläser und einiges mehr gekostet und ihn einige Besuch beim Tierarzt. Wenn er sich verletzte, waren wir gezwungen ihn wie ein wildes Tier einzufangen und so behutsam wir es auch machten, er flippte natürlich jedes Mal noch mehr aus. Die Türen waren nie geschlossen, so dass er also die Möglichkeit zur Flucht hatte, aber das war anscheinend nicht das Problem. Andreas brauchte mich nicht an meine Worte zu erinnern, ich wusste nur zu gut, dass so kein dauerhaftes Zusammenleben möglich war.

So weh es mir tat, eindringlichen Gedanken über die Zukunft konnte ich nicht länger ausweichen. Ich setzte mich auf den Boden und sprach mit Rambo wie so oft. Leise und bedrückt erzählte ich ihm, dass ich gezwungen war ihn einzuschläfern, wenn nicht sehr bald eine Veränderung in seinem Verhalten stattfinden würde und er nicht aufhörte, eine Gefahr für sich selbst zu sein. Ein grosses Gefühl der Trauer überkam mich und die Tränen flossen wie Sturzbäche über die

Wangen. Sie machten den ganzen aufgestauten Frust über die Situation, in die ich mich selbst mit meinem unbegrenzten Optimismus hinein manövriert hatte sichtbar. Es blieb wohl keine vernünftige Alternative übrig; ich würde ihn einschläfern lassen, denn so war das für ihn auch kein würdiges Leben. Hilflos und am Ende jeder Weisheit sass ich da und heulte hemmungslos. Fast erschrocken hielt ich den Atem an, als mich die Andeutung eines sanften Streichelns aus meinem Selbstmitleid riss. Schnurrhaare? Die tränennassen Augen wischend sah ich auf, um mich zu vergewissern, dass es nicht Fluffy oder Rocky war.

Mit unendlicher Erleichterung sah ich Rambo ganz zaghaft an meinen ausgestreckten Beinen entlang gehen. Lächelnd weinte ich weiter - das Eis war gebrochen. Endlich! Rambos Annäherung ging zwar auch weiterhin nur millimeterweise vorwärts, aber sie war greifbar. Er wurde ausgeglichener und fasste endlich – endlich!! Vertrauen zu uns.

Was mag diesem Kater angetan worden sein, dass er die Panik nicht ablegen konnte, sobald er von Menschenhand berührt wurde? Oft stellten wir uns diese Frage und wussten, dass wir auch diesmal niemals die Antwort darauf erhalten würden. Mit Rührung und Stolz auf Rambo erfüllt, sahen wir zu, wie er gegen seine Angst kämpfte. Die Erinnerungen an den Schwarzen wurden lebendig, der ja einen vermutlich vergleichbaren Weg zurückgelegt hatte. Dankbar erinnerte ich mich an ihn, der mir die nötige Lektion vor einiger Zeit mitgegeben hatte. Langsam bildete Rambo neue Charakterzüge aus oder längst verschüttete Eigenschaften wurden geweckt. Tapfer zeigte er uns nach und nach sein Wesen und ich war unendlich erleichtert, dass er die Chance genutzt hatte.

Nach ungefähr 9 Monaten war er ein aufgeweckter und immer noch temperamentvoller, aber deutlich umsichtigerer und liebevollerer Kater. Vom Schmusen konnte er gar nicht genug bekommen; er hatte viel nachzuholen. Zusehens glich sein Benehmen allerdings mehr dem eines Hundes, als dem einer Katze. Anhänglich folgte er uns auf Schritt und Tritt durch das Haus. Auf Zuruf war er sofort zur Stelle und verteidigte das Haus gegen jegliche Art von ungebetenen Gästen. Rambo war inzwischen auch von seinem Äusseren mehr als beeindruckend. Wunderschön, mit knapp über 40 cm Schulterhöhe, 10,5 kg Gewicht, schlankem, athletischem Körperbau und perfekten Proportionen. Eine wahre Augenweide, die Natur hatte ihn grosszügig beschenkt. Zum Entsetzen interessierter Züchter war aber auch er sterilisiert worden. Und nun, da er Rocky um einiges überragte, rächte er sich für die Ohrfeigen aus Kindertagen. Fluffy versuchte sich oftmals zwischen die Beiden zu stellen und zu vermitteln, mit wenig Aussicht auf Erfolg. Als Rocky einmal jedoch mit einer leichten Schramme ins Haus kam, sahen wir, wie Rambo sich schützend vor ihre verletzte Seite stellte. Rocky akzeptierte und kein Ton war zu hören. Da wussten wir, dass die Zwei sich trotz der Streitereien irgendwie liebten.

Was aus seiner Schwester geworden ist, ist uns nicht bekannt, denn auch Freundschaften enden. Ein Stück des Weges gemeinsam und dann wieder jeder in eine andere Richtung. Offen bleiben, dankbar sein für die Zeit und annehmen, dass damit auch Platz für andere

Erlebnisse geschaffen wird. Manche Kontakte brechen einfach nur durch ein Missverständnis ab und vielleicht sollte es auch manchmal so sein. Manche findet man nach Jahren wieder und noch mal andere bleiben durch alle Stürme eines Lebens verbunden. Wir erinnern uns aber gerne an sie und ihre Besitzerin, speziell wenn ein kuscheliger Bär über die Mattscheibe flimmert, der dann von einem Tiger angesprungen wird.

Snow

Das grosse Haus in dem wir wohnten wurde verkauft
und wir suchten gezwungenermassen eine neue Bleibe.
Bei vielen marktüblichen Angeboten stellten wir ein
wenig enttäuscht fest, dass Haustiere nicht erlaubt
waren. Unsere drei Stubentiger waren jedoch fester
Bestandteil unseres Lebens und so suchten wir einfach
so lange weiter, bis wir eine drei Zimmer - Wohnung
für alle 16 Füsse fanden. Der Baustil ähnelte dem von
Reihenhäusern, nur war die Wohnung in der Rowland
Road in Adelaide ebenerdig und hatte wie dort üblich
keinen Keller. Ein kleiner, fast schon kuscheliger
Garten hinter dem Haus war mit Rasen angelegt. Die
Vorfreude auf den ungeplanten Umzug machte sich
breit. Den neuen Nachbarn stellten wir uns und unsere
Vierbeiner vor und waren mehr als glücklich über deren
Begeisterung. Alle waren sehr zuvorkommend und nett.
Keiner fühlte sich gestört durch die Anwesenheit der
drei Fellbündel, die sich gelegentlich auch in den
Nachbarsgärten sonnten.

Mein Kindertraum einer Hollywood – Schaukel erfüllte
sich und die Nachmittage mit lesen oder dösen darauf
zu verbringen, war immer ein Genuss. Die Katzen
fanden sich meist ebenfalls nacheinander ein, um ein
bequemes Plätzchen zu ergattern. Eine bezaubernde,
ältere Britin, die zwei Häuser weiter wohnte, freundete
sich bald mit uns, besonders aber mit Rocky an. Viele
Nachmittage verbrachten wir bei der schon legendären,
englischen Tasse Tee und sie erzählte mir die
Geschichte Ihres Lebens. Die Zuneigung zu Katzen
hatte sich bis dato in Grenzen gehalten. Ihre ganze
Liebe hatte einer rostbraunen Dackeldame gehört. Den

kleinen Hund hatte sie bei Ihrer Einreise nach Australien in Quarantäne geben müssen. Eine durchaus verständliche Massnahme der Regierung, wäre doch das Einschleppen von Tollwut in den 5. Kontinent ein vernichtendes Urteil für das ganze fragile Ökosystem. Für die betroffenen Tiere aber ist es eine furchtbare Zeit. Leider veränderte sich auch der Charakter des Dackelmädchens nachhaltig. Sie litt unter einem totalen Vertrauensverlust ihrem Frauchen gegenüber und war fortan absolut gestört.

Ganz überwunden hatte meine Nachbarin diesen Verlust auch nach so vielen Jahren nicht; Traurigkeit schwang in ihrer Stimme nach. Der Hund lebte nun bei ihrem Sohn. Durch die Erzählungen nachdenklich gemacht, erkundigte ich mich am darauf folgenden Tag, ob bei einer eventuellen Rückreise nach Europa die Haustiere auch in Quarantäne müssten. Mit Erleichterung vernahm ich, dass das, nach einem ausreichenden Impfschutz gegen Tollwut und den anderen üblichen Vorsichtsmassnamen, nicht nötig wäre. Verschiedene Gründe hatten uns inzwischen dazu gebracht, eine eventuelle Rückkehr nach Deutschland in Betracht zu ziehen. Vorerst aber ging das Leben in Down under weiter.

Unsere Drei hatten ihren Garten gegen alle Nachbarskatzen erfolgreich verteidigt und Rambo genoss seinen Ruf als starker Held. Er war sehr gewissenhaft und verjagte hocherhobenen Hauptes einfach alles - auch streunende Hunde. Die Aufgabe beflügelte ihn augenscheinlich und Rocky wurde auf die Vorzüge eines "ganz grossen Bruders" aufmerksam. Die beiden verstanden sich in unserem neuen Zuhause viel besser. Die Schlangen blieben allerdings Rockys Territorium und sie war ein Ass im verscheuchen oder jagen derselben. Eben diese Fertigkeit hatte unsere Nachbarin dazu gebracht, Rocky zu mögen. Alle nebeneinander liegenden Gärten wurden nämlich durch unsere kleine Schwarze schlangenfrei gehalten. Der Lohn dafür bestand in regelmässigen Einladungen, in der Küche unserer Anwohnerin, zu einem mit Dosenmilch gefüllten rosa Porzellanschälchen.

Eines Abends bevölkerte eine Erscheinung, die nur aus einer einzigen blutenden und eiternden Wunde zu bestehen schien, unseren Garten. Praktisch ohne Fell, halb verhungert und schmutzig. Wie in geheimer Absprache liessen unsere drei Katzen den Eindringling im Revier gewähren. Sie hielten eine ringförmige Distanz, regten sich sonst aber in keiner Weise. Das entsprach so gar nicht ihrer sonstigen Gewohnheit und weckte meine Neugier. Bei näherer Betrachtung des jämmerlichen Wesens kämpfte ich heftig mit dem aufsteigenden Ekelgefühl. Dann konnte ich unschwer feststellen, dass dieses Etwas eigentlich nach allen Regeln der Medizin gar nicht mehr hätte leben dürfen. Die Entzündungsherde waren gewaltig gross und es war kein Quadratzentimeter des geschundenen Körpers heil. Meine Drei hatten offensichtlich nichts gegen Nummer vier einzuwenden und Andreas war darüber so verblüfft, dass er komplett vergass, seine Einwände geltend zu machen.

So setzte ich mich auf die Treppenstufen der Hintertüre und fing an mit dem Tier zu sprechen. Bis auf drei Meter bewegte oder besser schleppte sich die Katze heran und ergriff dann wieder, so gut sie es noch konnte, die Flucht. Es kostete sie unendlich Kraft und ich wusste, sie würde das nicht sehr lange durchhalten. Inzwischen hatte Andreas schicksalsergeben assistiert und einen gefüllten Napf mit Futter, den darin aufgelösten Globuli und Wasser geholt. Daneben stand auch schon eine Schüssel mit abgekochtem warmem Salzwasser, zwei Tropfen löslichem Teebaumöl und nicht fusselnde Watte. Das Futter stellte ich zwischen meine Füsse, während ich beruhigend weiter auf die Kreatur einsprach. " Du hast Hunger, aber wenn Du fressen willst, musst Du zu mir kommen. Deine Angst ist gross, aber dein Überlebenstrieb ist stärker. Du lebst noch, das ist Beweis genug für deine zähe Ausdauer. Du wirst Dich überwinden. Lass mich deine Wunden säubern, vielleicht haben sie dann eine Chance zu heilen.“

Es dauerte dennoch zwei Abende lang. Dann war sie soweit und kam. Behutsam säuberte ich so gut es eben ging ihre Wunden, während sie das Futter gierig in sich hineinschlang. Sie liess mich gewähren. Das ging eine Woche so, ich reinigte und desinfizierte die Katze und sie frass. Ich freute mich unbändig, als sie in der zweiten Woche selber anfing, sich mit der Zunge ganz vorsichtig über das langsam wieder sichtbare Fell zu streichen. Natürlich war es jetzt an der Zeit sich Gedanken zu machen wie die Nummer vier denn nun heissen sollte. Das Fell war zu unserer Verblüffung recht schnell nachgewachsen und unser Findelkind hatte sich zu einer weiteren Schönheit gemausert. Nach wenigen Wochen hatte sie ihr glänzend weisses Fell ohne jeden Makel zurück. Die Narben bedeckend, die Muskulatur auch wieder ein gutes Stück aufgebaut und ohne auch nur ein einziges andersfarbiges Haar. Die

Namensgebung war naheliegend - Snow, mit dem Bild
von unberührtem Schnee im Geiste. Die Reinheit eines
erwachenden Wintermorgens, spiegelte sich auch in
ihren stahlblauen Augen.

Snow blieb immer etwas schüchtern, aber während des
Fressens gebürstet zu werden, hatte eine tiefere
Bedeutung für die Katzendame. So oft es ging behielten
wir diese Tradition bei. Snow war annähernd so gross
wie Rambo, aber machte keinerlei Anstalten, ihm den
Ruf als Verteidiger des Gartens streitig zu machen. Sie
kam und blieb eine Weile, holte Ihre Streicheleinheiten
ab und ging wieder. Niemals verweilte sie länger im
Haus. Erst recht nicht über Nacht, aber pünktlich um
18.00 Uhr war sie jeden Abend da. Wir freuten uns,
dass sie sich ihren Platz im Leben zurückerobert hatte.
Die Zähigkeit und Unbeirrbarkeit, mit der sie am Leben
festgehalten hatte, blieb mir ein Vorbild. Auch gerade
deshalb, weil keinerlei Bitterkeit damit einherging. Ein
Geschenk, das mir viele Jahre später erst seinen Sinn
eröffnete.

Mittlerweile hatte sich in der ganzen Nachbarschaft die
Anmut und Eleganz unserer Jüngsten herumgesprochen.
Zwei Häuser weiter fand ein älterer alleinstehender Herr
Gefallen an der hübschen Dame und fing an sie zu füt-
tern. Snow war nicht abgeneigt, das neue Zuhause zu
beziehen. Sie kam immer noch gerne zu Besuch, aber
fraß nicht mehr so oft bei uns. Es wandte sich alles zu
Besten und unsere Herzen konnten Snow in eine hoff-
nungsvolle Zukunft loslassen. Es fühlte sich einfach in
Ordnung an. Sie hatte nun ihr eigenes Heim und einen
Menschen ganz für sich. Meist gegen 18.00 Uhr abends
kam sie jedoch auf einen Sprung zu Besuch. Die Treppe

war es ja inzwischen schon gewohnt als Sofa miss-
braucht zu werden. Ich setzte mich dann wie zu Anfang
auf die Stufen und Snow drückte ihren Körper gegen
meine Beine. Sanft glitt die Bürste durch das dichte Fell
und nichts erinnerte mehr an die Qualen vergangener
Tage. Die Dankbarkeit in den glänzenden, blauen Augen der Kätzin berührte mich jedes Mal aufs Neue.

Mit einem hässlichen Quietschen und einem dumpfen
Aufprall holte uns die andere Realität des Lebens ein.
Andreas und ich schreckten gleichzeitig vom Fernseher
hoch. Wortlos rannten wir aus der Wohnung und
suchten in der Umgebung nach der Ursache des
hässlichen Geräusches. Ungläubig erblickten wir den
leblosen Körper am Boden. Vorsichtig tastete ich nach
dem Herzschlag und sah im Schein der Strassenlaterne
ein dünnes rotes Rinnsal aus Snow's Nase fliessen. Im
diesem Moment wusste ich, dass wir sie verloren hatten.
Diese Schönheit - fast unzerstört - aber jegliches Leben
war entwichen. Sie starb am Strassenrand und es blieb
nichts mehr zu tun. In mir mischte sich zu der
Traurigkeit auch ein Gefühl von tiefer Befriedigung.
Snow hatte die letzten Wochen ihres Lebens nicht
qualvoll hungernd verbracht, sondern noch ein
würdiges, mit Freude erfülltes Leben geführt. So
jedenfalls empfand ich es. Sie ging mit einem Schlag
und ohne weiteres Leid. Vorsichtig hob ich den noch
warmen, leblosen Körper auf. Fast ehrfürchtig trug ich
sie auf meinen Armen in die Küche. Die Weichheit des
Felles jagte mir einen kalten Schauer durch den Körper.
Kein strahlendes Licht begegnete mir nun in Ihren
Augen und auf unerklärliche Weise spürte ich trotzdem
einen tiefen Frieden.

Unsere drei kamen der Reihe nach und verabschiedeten
sich auf ihre Weise. Rocky weinte kläglich, Fluffy
ergriff voller Scheu die Flucht und Rambo legte sich
neben Snow, ganz so, als wollte er sie noch immer
beschützen. Dann begruben wir Snow unter einem
sternenklaren Himmel in der Weite des australischen
Busches.

Unser Nachbar trauerte sehr um seine weisse Schönheit
– da hatten sich, ohne unser Zutun oder Wissen, zwei
einsame Seelen gefunden. Seine Tränen empfand ich als
zutiefst schmerzlich. Nach und durch dieses Ereignis
jedoch knüpfte der Mann zaghaft auch wieder
menschliche Beziehungen und vergrub sich nicht wieder
hinter einer Mauer von Einsamkeit. Das Leben ist - von
uns meist unbemerkt - so voller Weisheit.
Ein paar Tage später erfuhren auch wir, dass Beginn
und Ende des Lebens Teil eines fortwährenden
Kreislaufes sind - wir bekommen ein Baby!

Nina

Die Nachricht, dass wir Eltern wurden, verbreitete sich
schnell und bis auf die andere Seite unseres Planeten.
Viele kritische Stimmen meldeten sich plötzlich zu
Wort, dass die Katzen mit dem Baby bestimmt nicht
einverstanden sein würden. Freunde verwandelten sich
in selbsternannte Experten und verkündeten mit einer
unglaublichen Arroganz, dass nun endlich der unrealis-
tischen Katzenliebe durch "Vernunft" Einhalt geboten
werden sollte. Wir hielten nach wie vor daran fest, dass
die Katzen ein Teil unserer Familie waren und ließen
uns einfach nicht beirren. Mittlerweile war ein Jahr ver-
gangen. Wiederum war es Herbst geworden und wir
hatten den Entschluss zur Rückkehr nach Deutschland
gefasst. Die Katzen wurden dafür von offizieller Stelle
in Australien geimpft, da wir ihnen diese Plage nach
dem Flugstress nicht auch noch zumuten wollten.

Die ganze schriftliche Dokumentation dieser zehnminü-
tigen Arbeit erfolgte zu unserer Belustigung in drei Ausführungen: Deutsch, Englisch und Latein. Bis heute
wissen wir nicht so exakt, wozu der ganze Stapel an
Papieren eigentlich notwendig gewesen wäre. Zumal ich
bezweifle, dass alle für die Einfuhr zuständigen Zollbe-
amten überhaupt jemals Lateinunterricht hatten. Egal.
Eine kleine Firma baute für diesen etwas aufwändigeren
Umzug einen speziellen Transportkäfig nach unseren
Vorstellungen. Ein 70x 160 cm großes Rechteck aus
Holz, mit drei Abteilen in verschiedenen Breiten, jedoch
nur durch Gitter getrennt. So konnten die drei Katzen
Sichtkontakt halten und fühlten sich etwas weniger ver-
lassen. Bei unerwarteten Manövern des Flugzeuges,

konnten sie ihre Krallen zum Festhalten gebrauchen, da der Boden mit einem eingeklebten Teppich versehen wurde. Futter und Wasser war so angebracht, dass Frischwasser auch von außen zugefüllt werden konnte. Am Abreisetag flogen sie mit dem selben Flugzeug wie wir. Die Verladung klappte reibungslos und sie kamen auch mit uns in Frankfurt an.

Der Abschied von Australien war uns, trotz der Vorfreude auf den neuen Lebensabschnitt, sehr schwer gefallen. Wir hatten auf dem fünften Kontinent viele neuen Erfahrungen gesammelt, Freunde gefunden und uns heimisch gefühlt. Die Entscheidung hatten wir uns deshalb nicht leicht gemacht. Die Gründe waren vielfältiger Natur - familiäre und finanzielle Überlegungen. Ein kleines Souvenir flog aber, als Trost sozusagen, wie ein Kängurubaby im Beutel mit nach Europa zurück und bescherte mir die einzigen 24 Stunden elender Übelkeit der ganzen Schwangerschaft.

Zwei Tage nach unserer Rückkehr in Deutschland hatten wir unsere Stubentiger wieder in geordneten Verhältnissen mit stabilen vier Wänden. Der Flug hatte keine erfassbaren Schäden verursacht und den Stress hatten alle gut verdaut. Sie begannen schnell, die Eigenheiten des neuen Landes zu erkunden. Es stimmte schon, was über Katzen gesagt wurde... der herausragendste Charakterzug war nun mal die erforschende Neugier. Ob sie mir deswegen so sympathisch waren?

Das unbekannte Geräusch von vorbeifliegenden Raben, erschreckte sie heftig. Die Büsche und Sträucher rochen anders. Zu allem Überfluss fiel eines Morgens auch noch eine kalte, eigenartige Masse vom Himmel. Rambo war als erster mutig genug, sich der neuen Herausforderung zu stellen. Er schlug mal vorsichtshalber mit der Pfote gegen die herabrieselnden Schneeflocken, um vorweg die Reaktion zu testen. Nach zwei, drei Schritten auf dem frisch eingeschneiten Rasen, sank er etwas in den Schnee ein und rannte erschrocken zurück in sichere Türnähe. Die anderen Zwei machten bei ihrer ersten Begegnung mit Schnee ähnliche Erfahrungen und gewöhnten sich kopfschüttelnd an den eigenartigen Zustand der Natur. Sie frohren schnell, da die Jahreszeiten in Australien grade andersherum sind und natürlich deutlich weniger kalt. Durch die etwas beengte Wohnsituation im Hause von Andreas' Eltern hatte ich aber einen intensiven Kontakt mit den Dreien und das Vergnügen, sie oft zu beobachten. Erst im zweiten Jahr hatten sie sich, was das Klima anbelangte, angepasst. Diesen ersten Winter jedoch, verbrachten sie vorzugsweise in der Nähe der Heizung und kämpften wie der Rest von Europa mit Schnupfenviren.

Fluffy entwickelte mir gegenüber plötzlich einen irritierenden Beschützerinstinkt und legte sich wann immer möglich ganz nahe an meinen Bauch. Das wachsende Baby strampelte dann kräftig von innen und Fluffy drückte fasziniert mit der Pfote von aussen dagegen. So " unterhielten " sich die beiden vor allem nachts, wenn ich eigentlich hätte schlafen wollen. Andreas arbeitete in einem Hotel - Restaurant, war aber nicht sonderlich glücklich mit der Arbeitsatmosphäre und der Qualität des Essens. Es war schon bald klar, dass ein neuerlicher Umzug nicht zu vermeiden war. Wir wollten nur noch die Geburt des Babys abwarten. Alles war schon fertig gepackt. Kartons überall herumstehend und liegend - die Katzen wussten mittlerweile schon, was das zu bedeuten hatte. Nur - das Baby liess auf sich warten. Endlich, mit einiger Verspätung, hielt ich unser süsses, kleines Mädchen in den Armen. Wir nannten sie Nina, nach dem Vorbild einer aussergewöhnlich klugen, australischen Journalistin vom dortigen Kanal 9. Die hatten wir beide in ihrer souveränen Professionalität und fairer Kompromisslosigkeit, aber besonders auch ihres grossen Charmes wegen, sehr bewundert. Nina hatte sich von der anstrengenden Geburt gut erholt und nach ein paar Tagen kam für uns beide der Zeitpunkt der Heimkehr. Sicher in der guten Erfindung eines Baby - Schalensitzes aufgehoben, fuhren wir nach Hause. Extrem gespannt auf die Reaktion unserer drei "Grossen". Sollte ich mich mit meiner Vorstellung geirrt haben?

Vorsichtig öffneten wir die Wohnungstüre und traten ein. Alle drei Katzen umringten mich erwartungsvoll im Wohnzimmer. Ich stellte unseren Wonneproppen im Autositz auf den Boden und übernahm die offizielle Vorstellung. Danach entfernte ich mich zwei Schritte und liess der ungeduldigen Neugier meiner Samtpfötchen freien Lauf. Rambo kam als erster und beschnupperte vorsichtig das kleine Menschlein. Nina stiess einen glucksenden Laut aus, als die feuchte Nase sie berührte. Rambo tanzte daraufhin völlig begeistert um sie herum und freute sich ausgelassen. In kurzen Abständen näherte er sich Nina immer wieder. Mit einer unendlichen Vorsicht, die wir unserem Riesen gar nicht zugetraut hatten, liess er seine Schnauze über das Baby gleiten - ohne sie zu schlecken. Irgendwie beschloss er an dem Tag, dass dies hier wohl sein Mensch sein musste.

Fluffy kam etwas zögerlicher und als er Nina sah,
machte er den Eindruck eines verwirrten Professors.
Plötzlich war es, als ob ein Licht in seinem Gesicht
aufging. Das also hatte immer gestrampelt auf der
anderen Seite! Er miaute leise und Nina musste es so
vertraut vorkommen, dass sie sofort Antwort gab.
Lachend beobachteten wir das Szenario. Um Rocky
hatten wir uns ein wenig Sorgen gemacht. Jedes Mal,
wenn eine neue Katze ins Haus gekommen war, hatte
sie etwas von ihrer Erstlingsstellung abgeben müssen.
Wie würde sie jetzt auf ein Baby reagieren? Mit den
beiden Söckchen der Vorderfüsse stupste sie vorsichtig
das Baby an. Der entrüstete Protest von Nina, ob solcher
Behandlung liess sie kurz zusammenzucken und das
war's dann auch schon. Akzeptiert, das Mini – Mensch
konnte ihretwegen gerne bleiben. Kein Fauchen, kein
bedrohliches Knurren, kein beleidigtes Zurückziehen,
keiner der Unkenrufe hatte recht behalten. Ich atmete
tief durch.

Nina schlief in ihrem Zimmer und wir schlossen die
Türe, so dass keine der Katzen zu ihr ins Bett schleichen
konnte. Leichtsinnig brauchte man beim besten
Verhältnis nicht zu werden. Es sind trotz allem einfach
Katzen. Das Babyphon war bei uns im Schlafzimmer, so
dass wir hören konnten, wenn unser kleiner Schatz
aufwachte. Meist jedoch erwies sich das Gerät als
unnütze Anschaffung. Rambo legte sich wachsam der
Länge nach von Ninas Schlafzimmertüre und noch
bevor das Babyfon die Geräusche erfasste, sauste er
aufgeregt in unser Zimmer und weckte uns
unmissverständlich. Mit Schwung, Eleganz und leider
seinem ganzen Gewicht sprang er dann auf mich. An

glücklichen Tagen schlief ich grade in Seitenlage - in anderen Schlafpositionen war das Aufwachen speziell in Brusthöhe deutlich schmerzhafter.

Sobald ich die Türe öffnete, erlaubte ich auch den Katzen den Zutritt ins Kinderzimmer. Und Rambo liess keine Gelegenheit aus, nachzusehen, was sein Mensch denn so machte. Während des Tages legte ich unser Baby auf eine dicke Krabbeldecke auf den Boden und die Katzen legten sich fasziniert im 20 Zentimeter Abstand daneben. Sie hatten bald Erfahrung, dass Babys nach allem greifen und besonders Katzenschwänze sehr beliebt bei Nina waren. Nie, wirklich nicht ein einziges Mal jedoch erlebten wir, dass sie Nina kratzten oder anfauchten. Mit viel Gelassenheit und Nachsicht liessen sie das jüngste Familienmitglied gewähren und erlaubten ihr das herrliche Gefühl durch dichtes, weiches Fell zu streichen. Nina wurde grösser und veränderte Ihr Verhalten natürlich mit jedem Abschnitt ihrer Entwicklung. Die Katzen mussten sich immer wieder neu darauf einstellen - erst drehen, dann krabbeln, dann stehen, dann laufen.

Nina wiederum lernte, dass Katzen bei ersten Gehversuchen, wenn sie um die noch wackeligen Beine streichen, auch enorm hinderlich sein können. Ein Gleichgewichtstraining mit Hindernissen sozusagen. Sie krabbelte jedoch ungehindert über Fluffy drüber, oder schmuste heftig mit Rocky oder fütterte liebevoll Rambo. Einmal, als nach mehrmaligen Warnungen Nina immer wieder Rambos buschigen Schwanz als Zugpferd missbrauchte, drehte er sich um und liess seine Vorderpfote mit Schwung auf ihre Stirn niedersausen. Unsere Tochter war so perplex, dass sie keinen Ton herausbrachte. Ich hatte den Vorfall zwar beobachtet, bei Rambos Schnelligkeit jedoch keine Chance rechtzeitig einzugreifen. Sofort untersuchte ich Ninas Gesicht, konnte aber keinerlei Kratzspuren feststellen. Es war demnach als eine erzieherische Massname gedacht gewesen und Nina hatte ihre Lektion gelernt. Zuvor hatte keine unserer drei Katzen sich gegen die manchmal rabiat- liebevolle Behandlung unseres Kleinkindes gewehrt und dieses eine Mal war völlig ausreichend, auch Nina etwas Respekt abzumühen.

Bei kurzfristigen Aufenthalten im Laufstall fanden die Drei es herrlich amüsant, zwischen die Stäbe in Ninas "Gefängnis" zu blicken und kurze Zeit später erbarmte sich meist eine von Ihnen und leistete ihr Gesellschaft. Bei kleineren und grösseren Schmerzen und Beulen, die man so auf dem Weg des Lebens abbekommt, war stets tröstend eine Katze mit liebevollem Schnurren da. Bei Ärger mit uns Eltern stellte sich besonders Rocky immer demonstrativ dazwischen, miaute lautstark und versuchte uns von dem geliebten kleinen Mensch wegzudrücken. Insbesondere Rocky machte von allen die wahrscheinlich grösste Wandlung durch, war sie doch ein nimmermüder Spielkamerad.

Sie war die erste, die Nina hochzuheben vermochte. Einen Arm unter die Vorderbeine und einen unter die Hinterbeine und los ging's. Um die Kurven, Ecken oder Türrahmen herum, vergass unsere Tochter jedoch, auch den weiter herausstehenden Kopf von Rocky mit in die „Laufbahn" einzurechnen. Ich fühlte die Schmerzen beim Aufprall von Rockys Kopf gegen die Wand förmlich selbst. Wenn ich jedoch eingriff, verteidigte Rocky Nina mit solcher Vehemenz, als ob nichts gewesen wäre. Egal ob sie die Gefährtin als Puppe an - und auszog oder im Kinderwagen spazieren fuhr oder mit Tüchern als Leine umherschleifte oder sie beim Schmusen halb erdrückte. Nach einem kurzen Kopfschütteln ob derartiger Aktionen legte sie sich bereitwillig wieder zu Ninas Füssen nieder. Da konnte ich gegen Ninas: "Rocky will das aber!" nicht viel einwenden.

Mittlerweile waren wir wiederum umgezogen und hatten den Sprung in die Selbstständigkeit gewagt. In einem kleinen Ort in der Nähe von Heidelberg fanden wir das Ziel unseres neuerlichen Abenteuers. Nina war inzwischen 21/2 Jahre alt und unsere Katzen immer noch Teil des täglichen Lebens. Nur die Namensgebung hatte sich durch den Sprachgebrauch eines Kleinkindes etwas verändert. So war aus Rocky - Rotzi, aus Fluffy - Bassi und aus Rambo - ja geworden. Sie sprach mit ihrer persönlichen Eigenart diese Namen so oft aus, dass Fluffy bereits auf Bassi zu hören begann. Rambo verweigerte sie kategorisch und nannte ihn zu unserer Belustigung nur „ja", nichts desto Trotz, er wusste, wann er gemeint war. Die Umstellung der Arbeitsabläufe, nach den langen und schwierigen Vorbereitungen auf die Eröffnung hin, hinterliess in uns allen deutliche Spuren von Stress.

Auch Nina bekam wieder vermehrt Neurodermitis Schübe, Andreas Migräneanfälle und ich verschloss mich unter der enormen Nervenbelastung. Wenigstens wussten wir, dass keine Allergie gegen Katzenhaare der Auslöser für die Kratzwunden unserer Tochter war. Nach drei ersten holperigen Monaten hatten wir dann aber alle wieder einen neuen Rhythmus gefunden und

das zweite au pair war - im Gegenteil zu dem ersten
Versuch - ein absoluter Glücksfall. Diesmal wurden wir
in Australien fündig und ein 18 Jahre altes Farmgirl aus
Western Australien machte sich auf die Reise in das ihr
unbekannte Deutschland.

Melanie und Uschi

Gemeinsam fuhren wir alle zum Frankfurter Flughafen und starrten mit Fernweh im Herzen auf die Anzeigetafel, die so viele verheißungsvolle Destinationen sichtbar machte. Melanie hieß das australische Mädchen, welches wir hier abholen sollten. Sie hatte sich mit den Worten „I'm a big, strong, australian Girl" (Ich bin ein großes, starkes Bauernmädchen) beworben – ein Spruch, den sie sich frozzelnd immer wieder durchs Jahr hindurch anhören musste.

Es war selbst für uns, mit einer offenen Gastfreundschaft, ein komisches Gefühl zu wissen, dass ein vollkommen fremder Mensch unseren Alltag mit uns teilen würde. Speziell nach der vergangenen Erfahrung, standen wir mit gemischten Empfindungen in dieser Ankunftshalle. Es tröstete uns zu wissen, dass es für das au Pair – Mädchen wahrscheinlich mindestens genauso war. Wir erkannten sie auf Anhieb; keine Kunst allerdings, sie war die Einzige im Tshirt - man bedenke - im Januar! Sie machte sich nach kurzer Begrüßung umgehend mit Nina bekannt und wir wussten auf Anhieb, dass wir diesmal einen 6er im Lotto für unsere Familie gezogen hatten. Die völlig entspannte Aufnahme durch die Vierbeiner fiel genauso positiv aus und untermauerte meinen ersten Eindruck.

Melanie gewöhnte sich rasch in den Ablauf und die Gegebenheiten ein. Der besondere Genuss das erste Mal Schnee zu sehen, beflügelte sie förmlich. Nina versuchte ihr Bestes ein paar Brocken Englisch aufzuschnappen. Mit Feuereifer übte sie die Kinderreime und hat sie bis heute im Gedächtnis behalten. Die Beiden wurden gute Freunde. Melanie hatte ein grosses Basteltalent, und die Zwei werkelten fast jeden Tag an irgendwas herum. Die Ergebnisse bekamen Andreas und ich immer mit Stolz vorgeführt und da wir beide in dieser Hinsicht keine herausragenden Leistungen vorzuweisen hatten, fehlte es auch nicht an ehrlichem Respekt und Lob. Die Lösung, ein Au pair einzustellen, hatte sich als das Richtige erwiesen. Wir arbeiteten immer abends bis weit in die Nacht und wollten Nina für so eine lange Zeitspanne nicht alleine lassen. Unsere Wohnung lag zwar direkt über dem Restaurant und war durch ein internes Treppenhaus damit verbunden. Unsere Tochter war aber einfach noch zu klein, um zu verstehen, dass wir zwar im Hause waren, aber nicht in ihren vier Wänden.

An unserem Ruhetag war der Ansporn gross, Melanie etwas von der Kultur und Natur unseres Landes zu zeigen. Bei der Gelegenheit lernten wir gleich noch selber, etwas uns alltäglich erscheinendes mit neuen Augen zu sehen. Selbstverständlich lernte sie auch mein Geburtsland, die Schweiz, kennen und die Berge überwältigten sie. Sprachlos vor Begeisterung bewundert das nur offenes Flachland gewohnte Mädchen die Felsformationen. Ansonsten besuchte sie morgens die Schule, um auch die deutsche Sprache zu vertiefen und Nina begann mit Kindergarten. Die ersten Tage nach dieser Umstellung, trug sie eine Aggression in sich, die Rambo zu spüren bekam. Kaum zu Hause, traktierte sie ihn auf eine Weise, die ihm und uns bislang völlig fremd war. Den Fragen nach dem Grund verweigerte sie kategorisch die Antwort. Nach mehrmaligen Warnungen beschloss Rambo zum zweiten Mal eine " erzieherische " Massname anzuwenden und Nina kam tränenüberströmt in die Küche gelaufen: "Der Rambo hat mich gehauen, aber er kann nichts dafür!"

Schluchzend warf sie sich in meine Arme und endlich sprudelte der ganze Frust aus ihr heraus. "Die Grossen dürfen alles in dem blöden Kindergarten und ich weiss nicht einmal, wo die Spielsachen und das Klo sind!" Am nächsten Tag sprach ich die Leiterin an und bat sie Nina alles genau zu zeigen und wirklich zu erklären. Unser Schatz war wie ausgewechselt und Rambo hatte es so ganz nebenbei geschafft, die Schleusen einer Kinderseele zu öffnen. Sein Geschick, bei seiner Kraft und den sehr spitzen, niemals vollständig eingezogenen Krallen, Nina mit Schwung die Pfote ins Gesicht zu schlagen, ohne sie dabei zu verletzen, bewunderte ich zutiefst.
Die weise Beherrschung, gezielt Grenzen zu setzen, ohne Wunden zu reissen, dürfte für die meisten Eltern eine wichtige Lektion sein. Manchmal denke ich, dass Tiere einen feinen Instinkt haben, Kinder und Ihre Gefühle betreffend. Wir "Erwachsenen" (oder besser gross gewachsenen) werden von unserem Verstand nur allzu oft dabei behindert, unserer natürlichen Seele den nötigen Raum zu lassen. Es war für mich selber eine gute Erfahrung, den Intellekt öfter mal nicht über, sondern hinter die Intuition zu stellen! Wir alle lernen schliesslich voneinander. Das Geschenk einer veränderten Perspektive ist wahrhaft eine Bereicherung. Wir sind alle eins, nur nicht alle gleich.

Da Melanie auch auf eigene Faust etwas reisen wollte, und wir aus eigener Vergangenheit Verständnis dafür hatten, inserierten wir im Lokalblatt nach einer passenden Ergänzung. Auf diese Anzeige meldete sich eine jugendlich wirkende Mittfünfzigerin, die wir sofort ins Herz schlossen. Sie war der perfekte Ausgleich zu Melanie und der etwas strengeren Haltung von uns. Rasch wurde Uschi, eigentlich Ursula aber Uschi passte einfach besser, gleichfalls ins Familienleben integriert. Die Aufgaben waren klar definiert, jeder hatte seinen Verantwortungsbereich. In den grundlegenden Dingen allerdings, mussten einfach alle Beteiligten im Haushalt an einem Strang ziehen. Die Katzen waren zwar unsere Haustiere, viel näher mit ihnen einlassen wollte Uschi sich am Anfang aber nicht.

Nach ein paar Wochen hatte Nina sich ziemlich erkältet und lag mit Fieber im Bett. Wie immer in solchen Situationen, legten sich alle drei Fellbündel abwechseln zu ihr auf die Decke und leisteten ihr Gesellschaft. Wie Schichtarbeiter, eine kam, dann erst ging die andere. Nicht einmal der Duft von frisch gebratenem Fleisch konnte diesen Zusammenhalt unterbrechen. Als Uschi das für uns schon vertraute Verhalten beobachtete, kam der Durchbruch in der Beziehung zu unseren Katzen. Von nun an sprach auch sie unsere Mitbewohner mit Namen an. Nachdrücklich, aber sanft beschwerte sie sich, wenn Rambo sich mal wieder in den Korb mit frisch duftender, gebügelter Wäsche legte. Böse sein konnte sie den Dreien allerdings so wenig wie Nina. Dieses Jahr mit Melanie und Uschi war voller Harmonie und innerem Frieden. Das herzliche Lachen im Hause half die Probleme im geschäftlichen Bereich aus unserem Privatleben herauszuhalten. Das war gar nicht einfach, denn eigentlich war man ja immer mittendrin.

Als Nina eines Tages eines jener nervaufreibenden Streitgespräche mit unserer damaligen Hausbank mithörte, fragte sie von sich aus, was uns denn so beschäftigte. Ohne sich in Details zu ergiessen, konnten wir Nina auch etwas von den Problemen, die ein Betrieb mit sich bringt, erklären. Wir vereinbarten, dass sie uns von Ihrer Arbeit (sprich Kindergarten oder später Schule) erzählen würde und wir ihr auch von unserer Arbeit. So lernte sie vor allem auch, dass wir uns mit viel Liebe im Beruf engagierten und auch bei grossen finanziellen Sorgen die Freude daran nicht verloren.

Als wir später einmal eine Diskussion zwischen einer ihrer Freundinnen und Nina ungewollt mithörten, waren wir glücklich über den Satz: "Weisst Du, die (wir Eltern) freuen sich auch fast immer auf ihre Arbeit. So wie wir, auch wenn Sand spielen viel schöner ist, als Pappe kleben." Nina war zwar der wichtigste Teil meines Lebens, aber nicht der Ausschliessliche. Dafür war ich viel zu gerne in meinem Beruf tätig und ich wollte ihr nicht den Druck auf die kleinen Schultern legen, mein einziger Lebensinhalt sein zu müssen.

Wenn sie mittags nach Hause kam, war immer jemand von uns da. Mit der ganzen Aufmerksamkeit - Augen, Ohren und Herz – in diesen Momenten ruhte die Welt. Kein nebenbei noch etwas anderes erledigen. Darauf legten wir grossen Wert und genossen dieses intensive Zusammentreffen mindestens genauso wie Nina. Danach musste sie aber auch oft hinter dem Betrieb zurückstecken. Wir konnten nicht wegen jeder Bitte oder Mitteilung hoch rennen und alles stehen und liegen lassen. Alles in allem fand ich trotzdem, dass wir das gar nicht schlecht hinbekommen hatten - perfekt sicher nicht, das für mich best Mögliche schon. In Zukunft werden wir von Nina sicher ihre Sicht der Kinderzeit dargelegt bekommen und sehen, ob und in welchen Belangen, sie unsere Meinung teilt oder auch nicht.

So vergingen die Jahreszeiten, mit ihren Schönheiten und Anstrengungen. Neben Geschäft und Familie blieb wenig Freiheit für mich selbst und meine ureigensten Bedürfnisse. Krankheiten kamen und gingen und wurden, auch bei zunehmender Intensität, wider besseren Wissens, einfach verdrängt. So übersieht man die ersten Warnzeichen. Je lauter die wurden, desto höher war die Verleugnung. Die Toleranz für Schmerz ist enorm, und im nach hinein hätte ich mir etwas weniger Stärke dafür gewünscht. Man wurde schlichtweg nicht krank, weil der Wille es nicht zuliess. Die natürliche Folge dessen war, dass richtig heftige Hammerschläge kamen – aber noch war es ja nicht soweit. Wann immer ich mir doch etwas Zeit abzweigen konnte, gönnte ich mir die Freude, ein spannendes Buch zu lesen.

Viele Freundschaften wurden durch unsere Arbeit geboren, manch einer kam als Gast und blieb als Freund. Doch viele zerbrachen auch an der mangelnden Zeit für ihre Pflege. Lange Diskussionen am Stammtisch werden mir immer im Gedächtnis bleiben, als intensiver, zwischenmenschlicher Austausch. Es waren diese Gespräche, die mir wichtig waren und auch wieder Kraft gaben. Sie füllten halbe Nächte und waren - natürlich bei einem guten Glas Wein geführt - oftmals mit mehr Verständnis und Vielfalt verbunden, als ein ganzes Psychologie – oder Philosophiestudium. Jemand meinte mal, man bekäme als Gasthaus die Gäste, die man verdient. In diesem Sinne bin ich stolz, denn besonders liebenswerte Menschen fanden den Weg in unser Heim und bereicherten unser Leben. Dieser Betrieb sollte von Anfang an ein Ort sein, an dem Menschen zusammen kommen. Nicht nur der betriebswirtschaftlichen Kundenbindung wegen, sondern weil wir den Anspruch hatten, mehr als nur zu kochen und den Teller zum Gast zu tragen. Ein Stück Herz war bei aller beruflichen Professionalität immer mit dabei.

Nina wurde nun selbstständiger und die Katzen durch das Alter ruhiger. Uschi blieb viele Jahre bei uns und noch ein zweites au pair Mädchen kam für ein Jahr zu uns. Nach vier Jahren selbstständig zeichnete sich allerdings keine wesentliche Änderung der Geschäftslage ab. Diesen existentiellen Druck legte man natürlich nicht mit den Arbeitskleidern im Bad ab, aber die Freude überwog immer noch. Die Verzweiflung über die fehlende finanzielle Sicherheit fing dennoch schleichend an zu zehren. Wir wussten, dass wenn sich nicht bald etwas ändern würde, uns irgendwann die Kraft fehlen würde, weiterzumachen. Ernsthaft befassten wir uns zwischendurch mit dem Gedanken den Traum zu begraben, für den wir soviel Zeit, Geld und mühevolle Arbeit investiert hatten. Doch noch überwog die Hoffnung. Die Begegnungen mit den Menschen gaben eine ausgleichende, tiefe Befriedigung.

Wenn ich an manchen Abenden die Stufen zu unserer Wohnung schweren Schrittes ging, wurde ich tröstend empfangen und liebevoll beschmust. Die drei Katzen schafften es immer wieder, dass am Ende des Tages die Dankbarkeit für unser Dasein überwog. Ihre uneingeschränkte Liebe, die sich nicht auf blosses Füttern (einige unwissende Mitmenschen behaupten das zwar gerne) reduziert, gab mir ein Gefühl des inneren Friedens. Ihre Anwesenheit half mit, die Ohnmacht, den Zorn, die Angst und die Zweifel jedes Mal aufs Neue zu überwinden.

Rambos Unfall

Der Winter hatte diesmal auch unsere Gegend wieder mit Schnee gepudert und niemand war glücklicher darüber als Nina. Mein: "Guten Morgen mein Schatz, gut geschlafen?" zeigte eher eine mäßig, unwillige Reaktion doch der Zusatz: "Es hat geschneit - sieh' mal aus dem Fenster" entfaltete pure Magie. Unsere, mittlerweile Erstklässlerin gewordene, Tochter flog förmlich aus den Federn. Das Freudengeheul war nicht zu überhören und ich musste ob derartiger Begeisterung einfach mitlachen. Nachdem Rocky mit ihr durchs Zimmer tanzen musste, Rambo nicht wusste wie ihm geschah und das Frühstück im Zeitraffer vonstatten ging, zog sie mit geschultertem Ranzen fröhlich Richtung Schule. Unsere Vierbeiner waren weniger erbaut. Sie hegten eher den Verdacht der absichtlichen Behinderung ihrer Freiheit gegen die weiße Pracht.

Überall glänzten in unserem kleinen Dorf die Weihnachtsdekorationen. Im Gastgewerbe generell und so auch bei uns, eine Zeit der Hochsaison oder etwas lakonischer ausgedrückt: Wenn es jetzt nicht läuft, dann nie! Es stand also viel Arbeit an und trotzdem versuchten wir etwas von der Vorfreude auf die Feiertage zu erhaschen. Der Abend des 24. Dezember gehörte traditionell der Familie. Nach den stundenlangen Vorbereitungen für die kommenden Weihnachtstage verteidigten wir wenigstens diesen einen Abend nur für uns. Die Katzen hatten schon wieder die ersten Kugeln vom Baum geholt und waren von den unerwarteten Spielgeräten hell begeistert. Rocky fand ihr Spiegelbild in verzerrten Dimensionen mehr als spannend und konnte sich gar nicht satt sehen. Nina packte ihre Geschenke aus und Fluffy entführte sogleich die bunten Bänder. Jetzt setzte bei uns die Müdigkeit ein, und bei Nina fiel die Aufregung ab. Nach einem leckeren Raclette fanden alle zügig den Weg in die Betten.

Der nächste Morgen begann mit einer meterlangen Arbeitspensumsliste im Kopf. Andreas war schon früh in der Küche zugange und ich nahm mir noch etwas Zeit mit Nina die neuen Spielsachen auszuprobieren. Wie üblich öffneten wir die Balkontüre, um den Katzen frische, klare Luft zu gönnen. Sie konnten dann über das Dach und auf der anderen Seite des Hauses bis ganz auf den Erdboden runter. Dann war es auch für mich allerhöchste Zeit, mich um das in zwei Stunden vollbesetzte Restaurant zu kümmern. Nina wurde von ihrem Lieblingsgroßonkel und der ebenso innig geliebten Großtante abgeholt, um drei Ortschaften weiter noch einmal Weihnachten zu feiern. Die im gleichen Haus lebenden Großeltern freuten sich ebenso auf ihre Enkelin und verwöhnten sie nach Kräften. Für uns war sie damit aus der Schusslinie, denn es war „Großkampftag" und erforderte absolut konzentriertes Arbeiten. Mittendrin im Mittagsstress betrat unser Nachbar das Lokal, nahm mich beiseite und meinte: "Zwischen den Häusern liegt eine verletzte Katze – ist das Euere?" Ich rannte ohne nachzudenken nach draußen und es war schon von weitem, selbst durch den Zaun klar. es war Rambo, der da lag.

Ungeduldig öffnete ich das Eisentor und tastete ihn schnell ab. Er atmete hektisch und flach und schien außer einem Schock noch andere Verletzungen zu haben. Mit Bedacht hob ihn hoch. Tausend grausame Bilder kreisten in meinem Kopf und gleichzeitig versuchte ich

das für mich vollkommen unpassende Gefühlschaos
unter Kontrolle zu bringen. Ein paar Schritte später war
ich oben in der Wohnung angekommen und legte ihn
vorsichtig auf eine Decke. Inzwischen hatte ich in Gedanken einen Aktionsplan entworfen. Zitternd rannte
ich die Stufen wieder nach unten. Im Vorübergehen
instruierte ich mein Servicepersonal und ging schnur-
stracks zu Tisch Nummer fünf. Da saß „zufällig" unser
Tierarzt, der mitsamt seiner Familie bei uns zu Gast
war. Wenige erklärende Sätze genügten, er sprang auf
und folgte mir zu unserem Kater. Nie werde ich ihm
diesen spontanen Einsatz vergessen. Zumal, weil er als
Liebhaber von feinem Essen, seines an diesem Tag dafür stehen lassen musste.

Rambo ließ sich von seinem „Hausarzt" problemlos
untersuchen, mich jedoch hatte er zum ersten Mal zuvor
richtig angeknurrt. Nebst dem offensichtlichen Schock
stellte sich eine komplizierte Fraktur der Hinterhand
heraus. Glück im Unglück, dachte ich während der kurzen Verschnaufpause, die mir das wechseln der schmutzig gewordenen Bluse ermöglichte. Dann hatte ich im
Restaurant wieder präsent zu sein und irgendwie ging
auch dieser Tag vorüber. Sogar mit zufriedenen Gästen,
mitfühlenden Mitarbeitern/innen und einem sehr „ren-
tablen" Tag. Nach Ihrer Rückkehr hütete die immer
noch aufgeregte Nina mutig den verletzten Kater. Rambo wurde später noch in der Praxis geröntgt und versorgt. Wir hatten zwar ein denkwürdiges, leider keineswegs besinnliches Weihnachtsereignis. Mit einem
Augenzwinkern meinte ein Stammgast: „Schön, dass
sich Euere Schutzengel nicht ein paar Tage frei genommen hatten." „ Die sind auch im Gastgewerbe tätig",
war meine spontane Antwort und mein befreites Lachen

war ansteckend genug, damit sich endlich alle etwas entspannten. Unser riesiger Kater hatte durch seine Anhänglichkeit, die er auch während seiner Genesung in der Tierarztpraxis allen beweisen musste, jedenfalls ein paar neue Fans dazu gewonnen.

VERBINDUNGEN

Die Veröffentlichung eines Artikels über Rambo in der Tageszeitung hatte nachhaltige Wirkung. Dadurch hatten manche unserer Gäste erst erfahren, dass wir Katzeneltern waren und fingen spontan von Ihren Erlebnissen mit ihren Haustieren zu erzählen an. Es war uns bis zu dem Zeitpunkt nie so bewusst, was für unterschiedliche Gefühle und Gedanken Menschen mit ihren Tieren erleben. Ganz besonders anrührend war die Geschichte einer fast 90 -jährigen Frau, die Ihr ganzes Leben lang Katzen um sich gehabt hatte. Nach einem kurzen Telefonat, vereinbarten wir spontan einen Besuchstermin. Kurze Zeit darauf freute sie sich wie ein junges Mädchen, dass sie Rambo und auch die anderen Zwei persönlich kennen lernen durfte. Diese ganz bemerkenswerte Dame hatte eine überragende Intuition für Tiere und war eine besondere Freude für mich. Wir unterhielten uns einen ganzen Nachmittag lang und es waren einfach wunderbare Stunden.

Gerade noch rechtzeitig saßen wir Abends vor den Fernseher, um mit zu bekommen, wie eine aufgeregte Runde von Spezialisten sich über die Mensch/Haustier Verbindung äußerte. Ein Mann mit angeblich ausgewiesener Sachkompetenz war nun dabei, seine profunden Kenntnisse über genau diese Thematik öffentlich kundzutun. Mit Fluffy auf dem Schoss und Rambo an der Seite kuschelten Andreas und ich auf der Couch und hörten halb belustigt, halb ärgerlich den Ausführungen dieser zertifizierten Fachperson zu. Es sei eigentlich nicht möglich, dass Haustiere selber denken, es sei nur die Interpretationen der Menschen in die Tiere, die den

76

größten Teil dieser Beziehung ausmachten. Nicht falsch, das gebe ich unumwunden zu, da man objektiv nicht beweisen kann, was Tiere denken.

Nur fehlte mir persönlich ein ganz wesentlicher Teil zum ganzen Bild. Der Mensch ist mit dem Intellekt stärker vertreten, (zu beweisen wäre, ob uns das immer zum Vorteil gereicht) das ist ohne Zweifel. Jedoch sind uns die Instinkte, sozusagen als Preis dafür, in gleichem Masse verloren gegangen. Zu fühlen was im anderen vorgeht, konnte die Menschheit auch schon mal besser. Will man sich mit einem Haustier austauschen oder nähern, so braucht man nur den Reichtum dieses alten Wissens zu leben. Es ist immer noch unauslöschlich tief in allen Menschen verankert. Nicht das Fehlen von menschlichen Bezugspersonen löst das Bedürfnis aus, diesem Teil unserer Evolution gerecht zu werden. Es ist ein Stück in uns selbst, an das man sich einfach nur erinnert. In welchem Ausmaß man es zulässt oder auch als besondere Gabe in das Leben integriert, ist unsere Entscheidung.

Auch ich wusste da noch nicht, wie sehr ich noch mit genau diesem Thema konfrontiert werden würde. Tiere sind das Verbindungsglied zu einer, uns manchmal schon fremd gewordenen Natur. Ganz egal, wie viele Aktien Sie gezeichnet haben und mit welcher strategischen Planung Sie ihr Leben umsetzen. Ich freue mich mit Ihnen, wenn sie damit Ihren Erfolg erzielen. Doch ungeachtet dessen, bleibt jeder einzelne Mensch ein Teil dieser Natur. Dazu gehört Achtung vor allem Lebendigen - und das Wissen, dass unsere Nahrung nicht verschweißt und neutral verpackt in Plastikbeuteln gedeiht. Der ganze technische Fortschritt hat viel zu unserer Bequemlichkeit beigetragen, die wir genussvoll nutzen sollen und dürfen. Gespräche mit Menschen der Kriegsgeneration machen das im Kontrast mehr als deutlich.

Vieles hat sich verbessert und das ist gut so! Wir uns auch? Wenn nicht, warum eigentlich nicht? Jedes Auto heute ist ausgereifter, als die Modelle vor 20 oder gar vor 50 und hundert Jahren. Weshalb sind wir Menschen dann nicht in der Lage, nach unserem Verstand, uns auch menschlich emotional endlich mal ein paar Meter vorwärts zu bewegen? All die verschiedenen Eigenschaften zu kultivieren - zu kombinieren. Was für ein krasser Gegensatz, wenn ich sehe, was technisch möglich und machbar ist. Da beschämt es mich als Mensch zutiefst, dass ich gerade mal stolz sein soll, dass in einem Teil der Welt die Todesstrafe abgeschafft wurde. Das kann unmöglich alles sein! Unser Geist hat solch gewaltige Dinge erschaffen, dass ich mich weigere, so wenig menschlichen Fortschritt zu akzeptieren. Wir erschaffen uns Kriege, Hunger und Angst. Ich sehe genauso klar, dass dieselbe Kraft nur anders genutzt, - beseelt mit Liebe - der Welt und uns selbst den Frieden zu Füssen legen könnte. Wir müssen nur wollen, die Mittel haben wir schon jetzt, hier und heute!

Ein kleiner Anfang war für uns, mit den Dingen zu beginnen, die wir täglich in Händen hielten. Die Nahrung die wir aufnehmen verdient mehr, als nur das achtlose Hineinstopfen von zur Unkenntlichkeit verarbeiteten Produkten. Es ist etwas Natürliches zu essen, jeder Teil im Puzzle der Natur tut es. Nur... was für ein trauriger Gedanke... die aufs Denken fixierten Menschen, fühlen fast nichts mehr dabei. Was für ein Verlust! Allein schon an tagtäglicher, sinnlicher Erfahrung und wie

enorm groß ist dennoch gerade die Sehnsucht danach!
Für uns jedenfalls waren die Produkte mit denen wir
arbeiten durften, einfach schon für sich eine Freude.
Eine gute Küche mit Anspruch auf Spitzenqualität zieht
eine andere Lebenseinstellung gegenüber der Natur einfach selbstverständlich nach sich. In den von Andreas
veranstalteten Kochkursen bestätigte sich das enorme
Bedürfnis, wieder etwas mehr über echtes Kochen zu
erfahren, als nur die Bedienungsanleitung einer Mikro-
welle.

Diese Philosophie leben zu können, war jede enorme
Anstrengung und die vielen Arbeitsstunden der Selbständigkeit wert. Im Zeitalter in dem ausschließlich Erfolg, Gewinn und Leistung zählen, müssen wir alle wieder neu lernen. Etwas (sei es Karotte oder Steak) nur
um seiner Selbst willen zu achten, respektieren und - ja
auch - zu lieben, birgt in sich die tief empfundene Hoffnung, dass genau dies auch uns selbst widerfahren mö-
ge. Diesen uralten Wunsch geliebt zu werden, tragen
alle Menschen in sich. Was Sie der Welt entgegenbrin-
gen, wird zu Ihnen auch zurückkehren. Manchmal nur
in unerwarteter Weise oder Form.

Ein langer Abschied

Die Jahre zogen abermals vorüber und Nina besuchte mittlerweile die 4. Klasse als das nächste einschneidende Erlebnis geschah. Rocky hatte sich nicht sehr wohl gefühlt in den letzten Wochen und frass nur noch sehr wenig. Das innige Schmusen mit Nina war jedoch auch jetzt noch fester Bestandteil ihres Tages. Ihr ungehalten ärgerliches Fauchen galt meist Rambo, doch sogar Fluffy wurde ohne Grund angeblafft.

Am diesem Tag war Andreas morgens als Erster ins Bad gegangen und fand Rocky da röchelnd und in sichtbar miserablem Zustand liegen. Leise weckte er mich. Bei mir stellte sich nach ein paar Minuten die eigenartig, ruhige Gewissheit ein, dass Rocky heute sterben würde. Es blieb gerade noch Zeit, Nina am Bad vorbeizuschleusen, sie unten im Restaurant mit Frühstück zu versorgen und in die Schule zu schicken. Dann wickelte ich Rocky in ein Frotteetuch, um sie in den Armen haltend zu transportieren. Die Atmung wurde immer schwerer und wir spürten wie sie kämpfte und litt. Schweigsam und ein jeder seinen Gedanken nachhängend, brachten wir die Strecke zur Tierarztpraxis hinter uns. Es brauchte nicht mehr als einen geübten Blick, um die Situation zu erkennen. Das noch angebotene Sauerstoffgerät als Atemhilfe verweigerte unsere kleine Schwarze unwirsch.

Eine kurze Absprache folgte und sie bekam die Spritze, die ihr den Übergang leichter machte. Krebs hatte mehrere ihrer Organe zersetzt, wie wir später erfuhren. „Sie hat es geschafft", meinte unser Tiermediziner leise und zog sich diskret zurück. Die Gefühle, die in diesem

Moment auf uns einstürmten, sind schwer in Worte fassen. Es war ja nicht das erste Mal, das wir beide dem Tod begegneten. Doch nichts Vergleichbares hatte uns je so getroffen, die Welle der Unfassbarkeit schwappte über uns. Rocky war nicht einfach nur gestorben... sie hatte das Ende einer Zeit eingeläutet. Wir waren uns dessen einfach im Klaren, ohne beschreiben zu können weshalb.

Halb betäubt nahmen wir den Leichnam unserer Katzendame mit nach Hause. Etwas vom Schlimmsten was wir je als Elternteile tun mussten, stand uns noch bevor. Wie sagt man seinem Kind, dass die vierbeinige Freundin und Begleiterin seit dem fünften Lebenstag nun gestorben ist? Egal wie feinfühlig wir es versuchten, es milderte kaum den Schock, der Nina mit voller Wucht traf. Die Szenen, die sich abspielten, waren herzzerreissend. Der Verlust war schlichtweg furchtbar für uns alle. Um unserem Kind einen Ort zum trauern zu geben, stellte Uschi ein Stückchen Ihres Gartens zur Verfügung. Dort begruben wir Rocky mit einer kleinen Zeremonie. Jeder von uns brachte dazu etwas mit... ein Kerzchen, ein Bild, ein Spielzeug usw. Abwechseln erzählten wir kleine Erlebnisse die uns individuell besonders an Rocky erinnern würden. Trost fand unsere Tochter darin erst einige Zeit später, für den Moment fehlte ihr der schwarze Schatten bei jeder Gelegenheit des Alltäglichen. Sie lernte ganz, ganz langsam loszulassen. Der Besuch beim Grab, wann immer sie es wollte, hatte daran immensen Anteil.

Nina brauchte Monate um über diesen Verlust wirklich vollständig hinwegzukommen. Oft träumte sie von der Katze und manchmal sah sie Rocky in der Wohnung.

Ich hatte ihr diese Qual des Verlustes nicht ersparen können und hätte sie ihr doch so gerne gemildert. Einfach für sie da sein und Zeit haben zum Reden war alles, was ich vermochte. Bescheidene Hilfe zur Akzeptanz des Unabänderlichen. Eine Erfahrung, die mich lange bewegte.

Etwa ein Vierteljahr später fing Fluffy an abzumagern. Unser Doktor war wieder gefragt und nach ein paar Tests hatten wir eine Diabetiker – Katze. Mit dieser Diagnose wusste ich zwar bei Menschen etwas anzufangen... aber bei einem Kater? Dass da nicht viel Unterschied ist, stellte sich beim anschliessenden Gespräch heraus. Nun es war klar, wie das Insulin in den Körper meines Katers kommen sollte. Durch eine Spritze natürlich, aber ob er das zulassen würde? Nach kurzem Nachdenken überliess ich vertrauensvoll Fluffy die Entscheidung. Weigerte er sich, die Spritze zu erhalten, würde ich ihm nicht meinen Willen aufzwingen. Ich kannte meinen Spezialisten nun schon so viele Jahre, dass ich genau wusste, wie ich fragen konnte.

Mit vor Nervosität zitternden Fingern ergriff ich das ungewohnte Gerät und ich hielt es Fluffy zur Inspektion hin. Er beschnupperte die Spritze ausgiebig und danach verabreichte ich sie ihm. Das Üben hatte ich vorsorglich schon an einer geduldigen Orange absolviert. Nach dieser überraschenden Zustimmung fand dieses Schauspiel nun routiniert zweimal am Tage statt – ich rief, er inspizierte, sprang dann auf das Sofa und ich spritzte ihn. Zusehens erholte er sich und legte auch wieder ein paar Gramm zu. Obwohl klar war, dass die Wirkung in seinem Fall nur eine aufschiebende war, sah man wieder deutlich seine Lebenslust. Seit Rockys Tod war mir nur allzu präsent, dass die Zeit mit den anderen Zweien ebenso begrenzt war. So traf uns Fluffys Abschied ein halbes Jahr später nicht ganz unvorbereitet. Leichter wurde es dadurch nicht.

Diesmal war ich es, die einen fast brutalen Kraftakt vollbrachte, um meine tiefen Verlustgefühle zu mässigen. Die Samtpfoten hatten sich, nach Rambos Eintreffen, ihre Menschen - Zuständigkeit ja erneut klar aufgeteilt. Fluffy war das für mich, was Rocky für Nina gewesen war. Fluffy hatte immer schon einen tiefen Einfluss auf mich, es schien mir so natürlich, als wäre er mit mir verbunden. Sein Weggehen riss etwas so gewaltig Schmerzvolles auf, von dem ich nicht annähernd einzuschätzen vermochte, was es überhaupt war. Es weckte grosse Ängste in mir und ich war noch nicht bereit, mich damit auseinander zu setzen. So gut es ging deckelte ich meine Gefühle unter der Oberfläche und verbarg sie.

Sein Tod hinterliess auch bei Rambo eine riesige Lücke in der Seele, die beiden Jungs waren von Beginn an unzertrennlich gewesen. Zu diesem Zeitpunkt machte ich auch die Erfahrung, was „eine Depression haben" wirklich bedeutete. Rambo nahm kein Futter mehr zu sich, verkroch sich, fauchte gegen alles und jedes und war schlicht lebensmüde geworden. Es war einfach unheimlich, wie sehr er trauerte. Seine Muskulatur baute in einer rasenden Geschwindigkeit ab und aus dem stattlichen Kater wurde in kurzer Zeit ein erbarmungswürdiges Häufchen Elend. Nachdem wir alles, wirklich alles versucht hatten, besannen wir uns auf die einzig verbleibende Methode – die Gesellschaft einer neuen Katze. Mit dem heutigen Wissen würde ich allerdings anders entscheiden und ihn in Frieden gehen lassen. Zuzusehen wie Rambo uns unter den Händen wegstarb, brachte ich aber zu dem Zeitpunkt einfach nicht fertig. Es war ein langes Abschiednehmen von unseren vierbeinigen Australiern. Mit Rocky hatte es begonnen und mit Rambo würde es enden. Das Gefühl verstärkte sich immer mehr, dass es auch das Ende einer Epoche mit sich brachte. Damit einher ging die grosse Unsicherheit über den noch unbekannten Anfang.

Gina

Nach dem definitiven Familienentschluss Rambo mit neuer Gesellschaft aus seiner Trauer herauszuholen oder wenigstens den Versuch dazu zu unternehmen, fuhren wir mit neuer Hoffnung zum nächsten Tierheim. Obwohl eigentlich grade Saison für Jungkatzen war (3 Tage darauf waren 19 Katzenbabys da, wie wir später durch Zufall erfuhren) fand sich nur ein einziges Kätzchen in den vielen Käfigen. Ein winziges getigertes Mädchen, das eigentlich noch zu jung war, um an ein neues Zuhause abgegeben zu werden. Das kleine Lebewesen hatte schon Furchtbares mitgemacht und war zwischen 5-6 Wochen alt. Aufgefunden halb verhungert, mitten auf der Hauptstrasse eines Nachbarortes. Eine freiwillige Helferin hatte das Kätzchen bei sich zu Hause liebevoll versorgt und ihr so einen zweiten Start ermöglicht. Nina verliebte sich auf Anhieb in das zarte Wesen und kurze Zeit später fuhren wir, dank meiner Überzeugungskraft die Dringlichkeit betreffend, zu dritt nach Hause.

Irgendwie kam dann – fast logischerweise - alles ganz anders, als wir es uns ausgemalt hatten. Rambo war tatsächlich neugierig aus dem anderen Zimmer gekommen, nun aber überraschte uns die kleine Miezekatze. Es stellte sich mit Buckel vor den (immer noch) x – mal grösseren Kater hin und fauchte, was das Zeug hielt. Rambos kurz aufgeblitzte Freude verschwand augenblicklich wieder und machte erneut der bedrückenden Lethargie Platz. Gina, so nannten wir unsere kleine Madam, hatte überhaupt keine Ahnung, wie sie sich anderen Katzen gegenüber verhalten sollte. Jetzt erst erkannte ich die Tragweite des letzten Satzes der Tierheimleiterin: „ Wir glauben, sie wäre eine zufriedene Einzelkatze.“

Das Katzenkind hatte durch die frühe Trennung von seiner Mutter, und wahrscheinlich auch von seinen Geschwistern, keinerlei Gelegenheit gehabt, auch nur den Hauch von feliner Sozialkompetenz zu erlernen. Deswegen allerdings nur mit Menschen glücklich zu leben hielt ich damals – und tue ich immer noch – für keine gute Idee. Die Prägung als Einzel – oder Gesellschaftskatze hatte ja noch nicht mal die Chance gehabt stattzufinden. Rambo liess sich durch den Neuzugang wenigstens ein bisschen zum Fressen animieren, sein Zustand blieb jedoch fast unverändert erbärmlich. Ein Schauspiel der besonderen Art erheiterte derweil meine Familie, wenn ich der grösser werdenden Gina etwas „Katzensprache" beibrachte, meine Hand als Mamaersatz benutzend. Sie begriff allerdings schnell, dass sich Unterlegene zum Beispiel auf den Rücken werfen. Andere Verhaltensregeln ebenso und demonstrierte damit ihre Klugheit und Gelehrigkeit.

Den starken Willen, der ihr mit Sicherheit auch das Überleben gesichert hatte, durfte sie in die Kinderstube mit einfliessen lassen. Der letzte unserer drei Australier verbrachte noch einige Monate bei uns. Meist kam er nur noch zum Fressen aus unserem Schlafzimmer. Er lebte sehr zurückgezogen, Gina zu ärgern oder kurz mit zu unterrichten waren die wohltuenden Ausnahmen. Er überwand seine Trauer einfach nicht und erkrankte an immer anderen Sachen. Seine Schwäche wurde zusehends mehr. Eines Tages, stand er schreiend und klagend auf meinem Daunenbett. Er wartete bis er meine volle Aufmerksamkeit und Sichtkontakt hatte und schiss mir buchstäblich vor meinen Augen ins Bett. Nach dem mehr als ekelhaften Saubermachen hatte ich ihn dann aber begriffen. Er durfte endlich, endlich erlöst werden. Ein alter, kranker und trauriger Kater fand in dieser Minute seinen Frieden. Ich bat ihn um Verzeihung, weil ich ihn so lange nicht hatte gehen lassen können. Auch mir selbst verzieh ich diese Haltung, die so ganz gegen mein eigentliches Verständnis von Verantwortung ging.

Rambo hatte Auto fahren nie gemocht, an jenem Tag aber, strahlte er eine, für alle sichtbare, tiefe Ruhe aus. Entspannt und auf seltsame Weise dankbar, liess er „seinen" Tierarzt noch eine letzte Untersuchung machen. Sichtlich bewegt und berührt durch die abgemagerte Erscheinung der einst beeindruckenden Gestalt, übernahm dieser die schwere Aufgabe unseren Grossen einzuschläfern. Diesmal teilte auch der Tierarzt unsere Tränen.
Gina suchte ihren Kameraden in der ganzen Wohnung und erschnupperte jeden Winkel unseres Schlafgemaches. Die Beiden hatten sicherlich keine Liebesbeziehung gehabt, aber der Brummbär fehlte ihr. Sichtlich irritiert über das plötzliche Alleinsein protestierte der inzwischen neun Monate alte kleine Wildfang lauthals. Das empfanden wir als das schönste Vermächtnis von Rambo - eine mit ihren Artgenossen inzwischen freundlich umgehende Tigerdame. Grade von ihm, der in seinen Anfängen mit vergleichbaren Herausforderungen konfrontiert gewesen war.

Wie alle Katzen, für die wir verantwortlich waren, wurde auch Gina sterilisiert. Erst danach wollten wir uns Gedanken darüber machen, dass wir ja wieder ein Einzelkatzenkind hatten. Dringliche gesundheitliche und geschäftliche Probleme hielten uns allerdings einige Zeit davon ab. Wir waren Nina für ihre stetige Erinnerung zwar einerseits dankbar, andererseits reagierten wir auch öfter mal genervt auf das wiederkehrende Drängen. Sie hatte sich aber offensichtlich Ginas Sturheit zum Vorbild genommen und so kam der Tag, an dem wir erneut unsere Familie erweiterten.

Cora

Freudestrahlend schwenkte Nina die Tageszeitung in der Hand. Ein kurzer Blick auf ihr siegesgewisses Lächeln genügte, um zu wissen, dass sie bei den Inseraten auf etwas von Bedeutung gestossen war. Eine kleine Notiz nur, bei der Haustier – Rubrik. Ein Tierheim bot Kätzchen an, die sie schon an Pflegestellen weitergeleitet hatten, weil sie vollkommen überschwemmt mit Babykatzen waren. Spontan ging ich zum Telefon und wenig später war auch schon ein Besichtigungstermin vereinbart. Nina konnte vor Aufregung die zwei dazwischen liegenden Nächte kaum schlafen. Andreas und ich hatten zum ersten Mal seit Beginn unserer Katzenkarriere eine "Wunschdiskussion", die mit „männlich, rot oder rotgetigert" endete.

Endlich sassen Nina und ich gemütlich in unserem fahrbaren Untersatz und brachten die halbe Stunde auf der Autobahn ohne Stau hinter uns. Die Wegbeschreibung passte genau und mühelos fanden wir das Privathaus, in dem die Kätzchen sich zur Zeit befanden. Die Pflegemama war eine engagierte Tierfreundin, die mit Hingabe und viel Liebe ihre Schützlinge versorgte. Etliche Fundtiere und auch zwei ganze Würfe Babys, wovon die einen noch extrem scheu waren, waren der momentane Bestand. Nina folgte der Einladung, sich die Kätzchen doch ganz aus der Nähe anzusehen, umgehend. Selbstverständlich folgte ich meiner Tochter in den sauber gepflegten Raum. Ein heilloses Durcheinander von Geschwisterkatzen in schwarz und getigerten Variationen empfing uns. Acht Stück zählte ich mal so ungefähr, drei davon etwas zutraulicher. Abenteuerlich mit welcher Ausdauer die kleinen Stubentiger durch das Zimmer flitzten. Nina hatte sich mit einem kleinen, rabenschwarzen Kätzchen zum Spielen zusammengefunden.

Vielleicht fühlte sie sich an Rocky erinnert, obwohl dieses Mal kein weisses Haar an dem Temperamentsbündel sichtbar war. Mir schwante schon, dass rothaarig auch diesmal nicht unsere Entscheidung werden würde. Kaum 20 Minuten später regelten wir die Formalitäten, einen Transportkorb hatten wir klugerweise mal im Kofferraum untergebracht. Darin befand sich also nun eine weibliche, schwarze Katze, mit dem offiziellen Namen Hexe. Passend zum Charakter, wie wir noch oft genug feststellten, jedoch nicht gerade Nachbarschaft tauglich um ihn zu rufen. Nach eingehendem Familienrat einigten wir uns auf Cora. Passte gut zu Gina und war kurz und klangvoll. Den Einwand von Andreas, dass eher Schäferhunde mit diesem Namen gerufen werden, konnten Nina und ich überstimmen. Der Arme, nun musste er sich in Zukunft mit vier weiblichen Familienmitgliedern einigen.

Gespannt waren wir auf Ginas Reaktion auf das Mitbringsel. Die verlief eigentlich erwartungsgemäss - mit Knurren und Fauchen. Unsere Tochter wollte schon eingreifen, liess sich aber von uns beruhigen, dass Gina auf Neues und Stress immer so reagierte. Wir teilten die Wohnung etwas auf, so dass beide Mädels die Chance hatten, sich sicher und ungestört zu bewegen. Drei Tage später ertappten wir Gina, wie sie vorsichtig Coras Nase berührte und damit jegliche Zurückhaltung aufgab. Cora war ein nimmermüder Wildfang und bald jagten

90

sie sich eifrig spielend durch die ganze Wohnung. In den eher seltenen Momenten, in denen sie sich hinsetzte, konnten wir dann endlich auch ihre Anmut und den grazilen Körperbau bewundern. Die Ähnlichkeit mit einer ägyptischen Tempelkatze war unverkennbar. Stimmlich zu beurteilen müsste so etwas wie eine Siam – oder Burmakatze als Rasse Anteile ihrer Herkunft ausweisen. Coras Beschwerden fielen immer sehr lautstark aus.

Hatte Nina sich eine ganz aufs Schmusen versessene Katze vorgestellt, so wurden ihre Hoffnungen enttäuscht. Dieses Energiebündel nahm sich nur wenig Zeit zum Knuddeln und forderte alles zum Spielen auf, was ihr über den Weg lief. Als Ausgleich dazu schlief sie jedoch fast ausschließlich bei Nina im Bett. Tagsüber war sie nur schwer zu überzeugen, dass es ihr nicht erlaubt war, unserer Tochter überallhin zu folgen. Immer aufmerksam und lernbereit beanspruchte sie auch uns, sie mit immer neuen Aufgaben zu versorgen. Keine unserer bisherigen Katzen hatte jemals eine solch unerschöpfliche Energie gezeigt. Selbstbewusst demonstrierte Cora uns Freiheit, Leichtigkeit, Freude und Kraft, die sie jeden Tag voll auskostete. Sie war auch die erste, die sich absolut durch nichts und niemanden bestechen ließ. Die Bindung an unsere Familie war trotz oder gerade wegen diesen Eigenschaften von einer neuen Dimension.

Jede unserer vorhergehenden Katzen war einzigartig gewesen. Cora stand als Anfang dafür, dass Liebe nicht erst gepflegt, gerettet, aufpäppeln oder therapiert musste, um sie zu fühlen. Ihre eigenwillige, fröhlich unbeschwerte Art war wie ein Lohn des Himmels. Sie war auch eindrückliche Mahnung, dass wirkliche Liebe einfach da war und man sie sich weder verdienen musste noch konnte.

Meine Gesundheit hatte zu dieser Zeit einen erneuten Tiefpunkt erreicht. Cora bewies in dieser Ausgangslage auch unerwartete, besondere Feinfühligkeit. Sprang sie sonst gedankenlos über mich, so umkreiste sie mich nun sorgfältig. Da ich mich durch die immer öfter und heftiger werdenden Lähmungen manchmal völlig bewegungslos im Bett aufhielt, war ich für eine solche Rücksichtname ausserordentlich dankbar. Gina war ebenso sehr mitfühlend und legte sich nach kurzem Anstupsen meist an meine Seite. Paradoxerweise erfasste gerade ich in diesen Momenten völliger Bewegungs – und Sprachlosigkeit mit total glasklarem, wachem Verstand, dass da weit mehr war und ist, als gemeinhin sichtbar.

An diesem einen Spätsommertag beschloss ich die Zwiebelschalen, die sich um meine Seele gelegt hatten, abzulegen. Stück für Stück wollte ich endlich sehen, was sich darunter verbarg und zugleich fürchtete ich mich, wie noch nie zuvor in meinem Leben. Tröstend fiel Ginas Blick auf mich, sah mich mit intensiv, durchdringendem Blick aus ihren grossen Augen an und... nickte.

Heimkehr

Das Leben immer wieder umzukrempeln braucht ein wenig Mut, viel Lust auf Neues oder genügend Verzweiflung. Rückblickend besass ich wohl etwas von allem. Kombiniert mit sich stets erneuerndem, unerschütterlichem Gottvertrauen und Liebe im Herzen. Nach einem aufschlussreichen Gespräch in der Heidelberger Kopfklinik war mir klar, dass ich zu jung war, um bleibende Schädigungen oder permanente medizinische Betreuung zu riskieren. Die Lähmungen würden immer länger dauern und immer weitere Gebiete einschliessen. Ausser hohen Dosen Schmerzmittel war medizinisch auch nicht gewaltig viel zu machen. Laienhaft dargestellt ungefähr so als ob mein Hirn einen Krampf hat, wie er sonst eher in Waden zu finden ist.

So beschloss ich, mich selbst zu heilen und meinen Weg erneut zu verändern. Am Ende würde mir und auch allen anderen in meinem Umfeld am Besten gedient sein, wenn ich der Weisheit meiner inneren Stimme folgte. Viele Menschen hatten mich bis zu diesem Punkt schon begleitet und unterstützt. Doch nun begriff ich vollends was gemeint war mit "Es gibt eine Zeit für den Anfang und es gibt eine Zeit für das Ende, es gibt eine Zeit für... es gibt für alles eine Zeit"

Unser Lokal aufzugeben, das Andreas nicht alleine weiterführen konnte und wollte, war furchtbar. Trotz der vielen Rückschläge hatten wir am Ende genau das bekommen, was wir uns gewünscht hatten. Ein Gasthaus mit einer vehementen Philosophie der Frischküche, die Andreas exzellent umgesetzt hatte.

Immer freundliche, oft richtig herzliche und manchmal auch couragiert unbequeme Gästepflege war mein Teil. Leider hatten wir vergessen uns zu wünschen, auch finanzielle Sicherheit erfahren zu dürfen. Die Mitteilung der Kapitulation unserem Verpächter zu überbringen, war für mich der Bussgang schlechthin. Das Gefühl des völligen Versagens und die Akzeptanz des Scheiterns einer gesellschaftlich anerkannten Existenz, war an Ehrlichkeit nicht mehr zu übertreffen. Wertvoll und bereichernd allein die Erkenntnis, das ein jeder Mensch für sich verantwortlich ist und das einem niemand abnehmen kann. Gesundheit ist ein Geschenk, das ich leichtfertig aufs Spiel gesetzt hatte, meinem Pflichtgefühl und Verantwortungsdenken folgend. Nun aber hörte ich tief in mich hinein und fand die überraschende Antwort auf die Frage: "Was soll ich tun?"

Just in diesem ganz speziellen Moment wurde auch in meinem Gegenüber die Seele sichtbar. Sonst mit lautem Gepolter gut verborgen, erkannte ich die tiefe Verletzlichkeit. Die ergreifende, tiefe Sehnsucht nach Vergebung für sich, für eine Qual, die nur er selbst kannte. Nur Sekunden später sah ich mich wieder mit einem stolzen, unbeugsamen und harten Geschäftsmann konfrontiert. Was immer später geschah, diesen einen Moment bewahrte ich in meinem Herzen. Er verunmöglichte mir Zorn oder Hass zu empfinden, egal was immer auch danach über uns erzählt wurde und das war so unbezahlbar wertvoll. Viele helfende Hände und Herzen waren uns Trost und Unterstützung in dieser nachfolgenden, tumultartigen Zeit. Die Dankbarkeit dafür werde ich nie auch nur annähernd im Stande sein auszudrücken. Es gab auch Gäste, die ich mit - und unter Tränen zurückliess. Manch von ihnen kreuzten meine Wege nie wieder. Das Verantwortungsgefühl, ihnen ein liebgewonnenes und unersetzliches Plätzchen wegzunehmen, wog tonnenschwer auf mir.

Die neue Wohnung wurde so gewählt, dass Nina weiterhin die gleiche Schule besuchen konnte. Die Jobs im Gastgewerbe waren gerade etwas dünn gesät und Andreas musste sich mit etwas weniger künstlerischem zufrieden geben, das uns aber ernährte. Wir hatten das Geschäft innerhalb von einem Vierteljahr komplett aufgelöst und das hatte die letzten Reste meiner Kraft aufgebraucht. Die ersten 3 Monate nach Beendigung der Selbständigkeit war ich einfach nur krank. Es war so eine Art emotionaler Drogenentzug und auch die ganz reale Beendigung des bewussten Schmerzmittel - Missbrauchs, mit dem ich Körper und Seele bis hin zum Abschluss dieses Lebenskapitels betäubt gehalten hatte. Ein wohltuender Schlaf umfing mich einen Grossteil der Zeit und mein Körper begann sich zu erholen.

Erst mit den ausgelassenen Frühlingsgefühlen meiner zwei Samtpfoten kamen auch meine Lebensgeister wieder so richtig in Schwung. Das Gute an der Selbständigkeit war, dass man viele gleichgesinnte Menschen traf und kennenlernen durfte, die im selben Spannungsfeld lebten. Ein lieber Freund, der einmal als Gast zu uns gekommen war, vermittelte mir durch diese Verbindung Arbeit. In einer ganz anderen Branche, mit vielen interessanten und anregenden Neuerungen für mich. Nach kurzer Einarbeitung stellte ich fest, dass ich weit mehr konnte, als mir bewusst gewesen war, denn die Prinzipien funktionierten überall gleich. Mal einen zeitlich geregelten Alltag fand ich, nach den vielen Jahren Gastgewerbe, sehr angenehm. Katzen und Kind teilten nur zu gerne meine zur Verfügung stehende Freizeit.

Auch ein drollig aussehender schwarz/weisser Nachbarskater war mit von der Partie, wenn wir die Katzen an der Leine mit nach draussen nahmen. Die Begeisterung über diese Art des Spazierganges war allerdings eher mässig. Nina und ich liessen uns aber durch die manchmal entrüsteten Proteste nicht abhalten, sie sozusagen an die frische Luft zu setzten.

Ein halbes Jahr später zog mein Mann in die Schweiz, an den Vierwaldstättersee um dort zu arbeiten. Nina und ich blieben in Deutschland, da ich einen Job hatte, den ich sehr mochte und sie die Schule nicht einfach nur „auf Verdacht" wechseln sollte. Es war schön, soviel Zeit mit meiner Tochter verbringen zu können. Nicht das ich die Selbständigkeit bereute, aber ich genoss vielleicht gerade deshalb unser Zusammensein so intensiv.

Es erschien mir selbst absurd und total verrückt, aber irgendetwas rumorte zu diesem Zeitpunkt noch immer heftig in meinem Inneren. Ein Gefühl der Angst und Bedrohung, das ich eigentlich überwunden und ausgeräumt glaubte, manifestierte sich. Ein immer grösser werdender, schwarzer Ball rollte unaufhaltsam auf mich zu. Davon träumte ich nachts oft und konnte schweissgebadet am Morgen noch detailgetreu davon berichten. Da dies überhaupt nicht zu meiner Vorstellung des kommenden Lebensweges passte, versuchte ich die alte Methode des Verdrängens

anzuwenden, was diesmal dankenswerterweise nicht
wirklich gelang.
Es begann eine Form des inneren Sammelns von
Informationen. Auch ein reger, gedanklicher Austausch
mit Menschen, die mir nahe standen brachte mich nicht
wirklich weiter. Da kam etwas auf mich zu, so gross wie
eine Hauswand und ich war einfach nicht
 in der Lage zu erkennen, was es war. Es war
beängstigend! Das Zitat mit den Bäumen und dem Wald
war hier sicher zutreffend.

Nachdem ich durch die Firmen interne Restrukturierung
arbeitslos geworden war, beschlossen der Familienrat,
dass nun ein Umzug in die Schweiz doch die
vernünftigste Lösung wäre. Also endete meine Tour
durch die Welt nach 17 Jahren und wir kehrten in die
Schweiz zurück. Der schon vertraute Ablauf eines
Neuanfanges begann von vorne und gelang fast mit
Leichtigkeit. Nun - darin waren wir nun ja auch wirklich
meisterhaft.

Gina und Cora fanden es einfach herrlich, in der neuen
Wohnung direkt aus der Küchentüre in den Garten
schlendern zu können. Sie gewöhnten sich schnell ein
und verteidigten das gesamte Grundstück im
Teamwork. Nina hatte mit Umstellungs – und
Sprachproblemen zu kämpfen. Schöne und weniger
schöne Begegnungen erlebte sie in meiner alten Heimat.
Manchmal fühlte ich mich beschämt, wenn sie von
Gleichaltrigen als Ausländerin beschimpft wurde. Ich
hätte nicht gedacht, dass dies eine Erfahrung sein
würde, die sie hier erleben musste. Aber auch sie fand
neue Freunde und oft lachten wir über die ersten in
Mundart gesprochenen Sätze aus ihrem Mund.

Und es kam der Tag, an dem ich wusste, was sich da so bedrohlich auf mich zu bewegt hatte. Es war wiederum das Ende einer Zeit, diesmal meiner Partnerschaft. Verstrickt in die eigene Vorstellung eines „richtigen" Lebensplanes, hatte ich es lange gar nicht wahrhaben wollen.

Loslassen. Ein grosses Wort. Freilassen. Die Akzeptanz der Trennung fiel mir nicht leicht und meinem Mann noch ungleich schwerer. Sie hatte sich in meinem Innern schon vollzogen, nun war schlicht die Zeit gekommen, sie auch nach aussen transparent zu zeigen. Wir waren für viele Jahre ein Paar gewesen und wenn wir damals alt genug waren zu heiraten, so konnte man eigentlich erwarten, dass wir nun ebenso verantwortungsvoll mit der Trennung umgingen. Schuld ist ein Wort, das da nichts zu suchen hat. Konsequenz allerdings schon. Es braucht zu jeder Beziehung immer zwei und zu jeder Entwicklung einer Beziehung ebenso.

Am Ende bestand so auch die Hoffnung, dass die Freundschaft und zumindest die Elternschaft eine Chance erhielt, das Ende eines Paares zu überstehen. Es liegt ein hohes Mass an Liebe im annehmen, dass es Zeit ist gehen zulassen. Ja es gelingt… wenn auch nicht beim ersten Anlauf.

Für den eigenen Seelenfrieden jedoch ist wachsen eine unumgängliche Eigenschaft. Manchmal unterscheiden wir uns nur durch das Tempo. Die Trauer über eine unwiderbringlich abgeschlossene Lebensphase durch zu stehen, birgt in sich den Kern eines neuen Anfanges.

98

Epilog

Es ist ein wunderschöner Tag im Sagendorf, einem ganz besonderen Fleckchen Erde. Mitten in der Zentralschweiz, unter tiefblauem Himmel und geborgen im Schosse der Berge. Fast zu schade um am PC zu sitzen und zu schreiben. Der Blick auf die satten, grünen Matten und die bezaubernde, kleine Kapelle, mit den ringsum majestätisch, aufragenden Felsen entschädigt grosszügig für die Schreibarbeit.

Gina und Cora sitzen einträchtig zusammen auf der Steintreppe im Garten und beobachten interessiert die Kühe, die zwei Meter weiter entfernt friedlich grasen. Ein Gefühl inniger Zuneigung durchströmt mich. Versonnen lächle ich vor mich hin und bin unendlich dankbar für die grosse Vielfalt an Liebe, die mir zu Teil geworden ist, in meinem Leben. Nachdenklich lese ich Kapitel für Kapitel durch. Vor vielen Jahren hatte ich mit dem Schreiben begonnen und nun etwas für mich Wunderbares zu Ende gebracht. Bilder von besonderen Augenblicken steigen in mir auf, berühren mich erneut und lassen Tränen über mein Gesicht rinnen. So viele verschiedene Katzenleben haben das meine ein Stück des Weges begleitet. Sie waren im Stande mich Dinge zu lehren, manche davon hätte ich von Menschen niemals an mich herangelassen. Immer waren sie eine Bereicherung; manche für viele Jahre, andere nur für etwas länger als einen Augenblick.

Ein ganz besonderes Geschenk sind gerade oft die Begegnungen, die wir als Zufall (= es fällt Dir zu) bezeichnen oder gar ganz zu ignorieren versuchen. Unabhängig davon, mit wem oder was man aufeinander trifft, es ist niemals ohne Bewandtnis. Mit aufmerksamem wachem Blick gelingt es, so viele Momente voller Liebe zu entdecken und vielleicht sogar ein Wunder darin gespiegelt zu finden.

Die nach einem halben Leben wieder entdeckte hellfühlige Begabung wird mich von nun an begleiten. Sie liebevoll zuzulassen und hilfreich sanft einzusetzen, werde ich immer wieder üben. Den in mir verborgenen Zusammenhang von Geld mit brennendem Schmerz habe ich als Nebeneffekt auch erkannt und - wie ich hoffe - lösen dürfen. Vielleicht gelingt es mir nicht immer, aber ich vertraue darauf, dass mein Weg bei Bedarf auf Hilfe trifft. Eine Aufgabe jedenfalls ist schon beendet, mit einem Lehrer, der schweizerischer kaum hätte sein können; es war eine Kuh. Ein wunderschönes braunes Tier, das durch einen Sturz auf der Alp mit zahlreichen inneren Wunden kämpfte. In einem ganz besonderen Moment konnte ich sie fühlen. Daraus erwuchs ein intuitives Verständnis dafür, was sie brauchte und ich durfte so eine Art Übersetzerin sein. Sie schaffte es, ihre schweren Verletzungen zu überstehen und brachte 6 Wochen später ihr Kälbchen unversehrt zur Welt.

Mit der Erfahrung, dass etwas Göttliches in dieser Gabe liegt, wächst auch das wieder gewonnene Vertrauen in diese Seite meines Wesens.

Ein sanftes Lächeln umspielt meine Lippen und ich erkenne mich als ein wahres Glückskind. Gesegnet noch immer mit kindlicher Offenheit und freudiger Neugier. Erwachsen genug um zu wissen, dass Gaben immer dazu da sind, um geteilt zu werden. Diesen

100

unermesslichen Reichtum an Liebe und Frieden in mir zu fühlen, geht einher mit der Verantwortung dafür. Jede Art von Angst der ich in mir noch begegne, ist nur ein Hinweis darauf, etwas genauer hinzusehen, was da der Liebe bedarf. Die Form von Angst, die von aussen vor mich tritt, ist auch nur ein Spiegel davon. Eine weise Voraussicht hat mich deshalb eine besondere Schulung zur Wichtigkeit der Wertschätzung anderer durchlaufen lassen. Nun schleicht sich zu guter Letzt noch ein für mich ganz neues und überraschendes Empfinden dazu. Ich fühle mich von einer Wärme und einem Licht umhüllt, kann mich an diese Stärke vertrauensvoll anlehnen, wenn ich müde werde. Frei und geborgen. Ich bin ein bisschen zu Hause angekommen.... vorerst.

Wenn ich neunzig Jahre alt bin oder werden darf, so wird es mir ein besonderes Vergnügen sein zu sagen: "Ich durfte wirklich viel erleben!" "Und jetzt bin ich gespannt, was noch kommt." Eigentlich bin ich mir ziemlich sicher, dass auch dann noch ein spitzbübisches Lächeln über mein Gesicht voller Lachfalten strahlt. Ich werde jedenfalls mein Bestes versuchen!

DANKE

Ein Dankeschön an Frau Ballreich die mich bat die Geschichten doch zu Papier zu bringen und so den Samen des Gedankens gesetzt hat.

Ein Dankeschön an meine Tochter, die mich so viel mehr gelehrt hat mit ihrem Wesen, als ich sie, auch ohne es zu wissen. Ich bin dankbar, dass es sie gibt und fühle mich ihr immer innig liebend verbunden.

Ein Dankeschön den vielen Freunden, Feinden und Weggefährten, die alle ein Geschenk für mich waren und sind.

Ein Dankeschön an Higgi, der mich ermutigt hat das Projekt „Buch" endlich zu realisieren! Mit Hilfe seiner Geduld und den sachlichen Anmerkungen hat er den perfekten Ausgleich zu meiner Emotionalität geleistet. Eintauchen in eine Oase der Ruhe…danke!

Ein Dankeschön an alle Tiere.
Katzen natürlich insbesondere, die mit Charakter und Liebe so manches Menschenleben bereichern.